osananajimi no imouto no
kateikyoushi wo
hajimetara
「私の名前は？」
「愛沙……」
「勝負をするの」
「勝負……？」
藤野康貴
ふじのこうき
愛沙の妹まなみの家庭教師をすることになり、遠い存在になったと思っていた幼馴染と再び接点を持ち始める。

osananajimi no imouto no kateikyoushi wo hajimetara

CONTENTS

幼馴染の妹の家庭教師をはじめたら

疎遠だった幼馴染が怖い

すかいふぁーむ

ファンタジア文庫

3003

口絵・本文イラスト　葛坊煽

幼馴染の妹の家庭教師をはじめたら

疎遠だった幼馴染が怖い

osananajimi no imouto no kateikyoushi wo hajimetara

soendatta osananajimi ga kowai

「なに？」

そう言って俺を睨《にら》む幼馴染《おさななじみ》の頬《ほお》が赤らんでいた意味に、俺はずっと気づいていなかった。

だってまさか、俺のことを好きだなんて、考えもしなかったから。

プロローグ　幼馴染《おさななじみ》が怖《こわ》い

高西愛沙《たかにしあいさ》。

学年で一番可愛《かわい》いのは？　と男子に聞いたら、十人のうち八人くらいは高西愛沙と答えると思う。

実際幼馴染の贔屓目《ひいきめ》なしにみても、かなり顔立ちが整っている。スタイルもよく、勉強もできて、運動もそこそこできて、非の打ち所がない。

そして誰《だれ》にでも分け隔《へだ》てなく優しい。

ただし、俺を除いて。

「なに？」

「いや……なんでもないです……」

眺《なが》めていたのがバレたのか声をかけられた。夏の暑さを吹《ふ》き飛ばすくらいには冷めきった声音《こわね》で……。

本来大きい目をこれでもかと細めてもなお、「美人だなぁ」という感想が自然と沸《わ》き起こるくらい、愛沙は美人に成長していた。

　腰まで伸《の》びた艶《つや》のある髪《かみ》をさらさらなびかせている姿も画《え》になる。

　俺なんかもう、モブどころか背景もいいところと言えるくらいには。

　これだけの接点で「なんで高西があいつに……？」という声が上がるくらいには俺と愛沙との間に大きな壁《かべ》がある。俺が悪いんじゃない、と思いたい。単純に愛沙が人気になりすぎ、目立ちすぎるようになっているわけだ。

「そう……」

　それだけ言って自分の席に戻《もど》っていく愛沙と入れ替《か》わりで前の席から声をかけられる。

「なぁ、お前高西さんと幼馴染なんじゃねえのか？」

　声をかけてきたのは滝沢暁人《たきざわあきと》。

　こいつはやる気のなさそうなボサボサの髪を隠《かく》そうともしないくらいには自分のことに無頓着《むとんちゃく》なのに、もとの顔立ちがいいだけでモテる憎《にく》たらしい男だ。いや外行きのときはまた違《ちが》うというのは知ってるんだけどな。

　モテる以外のところはなんだかんだ馬が合うので、なんで仲良くなったかは覚えていないが仲良くしている。

「親同士が仲いいだけだな」

　愛沙とは小学校までは本当に仲が良かった。と、俺は思っている。

親同士が仲がいいことで、よく一緒《いっしょ》にでかけていたし、愛沙自身もまぁまぁ馴染んでいてくれたと思う。

今となっては親同士が仲のいいだけの遠い存在になってしまったわけだが。

「なーんか、やたらお前を見るときだけ視線が違うよな」

「恨《うら》まれるようなことした記《き》憶《おく》はないんだけどなぁ……」

中学に入ったあたりからすれ違っていった気がする。

俺にはわからない決定的なすれ違いがあって、いまじゃこれだ。

誰にでも人当たりの良い学年のアイドルが唯一《ゆいいつ》笑顔を見せない相手。それが俺。

「あれ、恨んでる感じには見えないんだけどなぁ……」

暁人はそう言うが、あの視線を見て他にどう解釈《かいしゃく》すればいいというのか。

「なんでだろうな……」

「他の人はこう、完全に他人って感じで接してるだろ？　高西さんって」

「そうか？」

あの容姿だ。男からのラブコールは止《や》む様子を見せていないし、かといって相手を作る気が一切《いっさい》見えないため女性陣《じん》から疎《うと》まれることもない。それどころかむしろ、性格の良さとスペックの高さから女子の人気も高い。今も机の周りにはいわゆるスクールカースト上位の男女が彼女を囲んでいる。

「ほら、あれ見ててもさ、なんとなく壁があるというか、距離《きょり》があるというかさ」

「そうか？　俺には人気者たちが楽しそうに話してるようにしか見えない」

交ざるのも怖いしなんなら見るのも怖い。一人でいた愛沙を眺めているだけで冷たい声をかけられざわつかれるのだから、あんな眩《まぶ》しい集まりは直視するのもはばかれる。

「ま、お前がそうなら俺はいいけど」

よくわからないことを言って暁人はまた机に突《つ》っ伏《ぷ》していった。いまから授業が始まるというタイミングでこれだから結構なご身分である。

暁人から視線を外すと、クラスメイトに囲まれてにこやかに微笑《ほほえ》む愛沙とまた目があう。

それまでにこやかに話をしていたというのに、俺と目があった途端《とたん》凍《こお》りつくかのような冷たい視線で睨《にら》みつけられた。

「はぁ……」

ま、もうこれから接する機会もほとんどない相手だしな。

なにか悪いことをしてたなら謝りたいが、嫌《きら》われていたとしても困ることはないだろう。

そう気楽に考えられていたのは、まさに今日このときまでだった……。

幼馴染の妹の家庭教師

「ごめんなさいねぇ。わざわざ」

玄関《げんかん》を開けると、愛沙《あいさ》のお母さんが出《で》迎《むか》えてくれた。

久しぶりに見たが、ふんわりパーマちっくな髪の毛と穏《おだ》やかな表情はあの日のままのように感じる。時の流れこそ感じるものの、うちの母と違って太ったりおばさん化はしていない。

というか普《ふ》通《つう》に美人だった。このあたりはさすが、愛沙とまなみ《二人》の母と言えるかもしれない。

「ご無《ぶ》沙《さ》汰《た》しています」

「あらぁ、昔みたいにただいまでいいのよ？」

幼馴染の家《高西家》に来るのは何年ぶりだろうか。

なんでも妹のまなみが勉強で困っているらしく、俺がその助《すけ》っ人《と》に呼ばれたらしい。らしいというのは、家庭教師になることは俺の意思に関係なく親が勝手に決めたことで、気づいたらここに送り出されていたという経緯《けいい》に対する、ささやかな抗議《こうぎ》である。

俺と愛沙が疎遠《そえん》になってからも親同士は仲が良いために起こったある意味事件《ハプニング》と言ってもいいかもしれない。

そのせいだろう。愛沙の機嫌《きげん》はすこぶる悪い。

「お邪魔《じゃま》します」

「……」

玄関に足を踏《ふ》み入れると、廊下《ろうか》の先で腕《うで》を組んでこっちを睨んでいる愛沙がいた。怖い。

「わぁ！　康貴《こうき》にぃ！　久しぶりー！」

と、階段からまなみが現れる。

ドタバタ降りてくる様子にどこか懐《なつ》かしさを感じてほっこりしていると、勢いそのままに飛びついてきた。

「ぐふっ……！」

愛沙も目をパチクリしてびっくりしてるじゃないか。このおてんば娘《むすめ》……。

なんだかんだ懐かれていた記憶はあったが、まさかいまだに抱《だ》きついてくるほどとは思っていなかった。姉ほどではないにしても色々成長しているし、そもそも一つしか学年が違わない相手はもう十分大人な身体《からだ》なわけだから、もう少し中身もそれに伴《ともな》って成長していてほしかった……。

「久しぶりー！」

なんかまなみが来て愛沙が一段階怖くなったぞ。

多分妹をお前なんかに渡《わた》すかと思って怒《おこ》ってる！　俺にその気はないから離《はな》れてくれ。

「えへへー。康貴にぃ！　ほんと久しぶりだね！　最後に会ったのはいつだったかなぁ」

全然こちらの意図を汲《く》み取ってくれないまなみに抱きつかれたまま、愛沙には睨まれ続ける。

おばさんだけはニコニコと、その様子を楽しそうに眺めていた。

「大丈夫《だいじょうぶ》か？　勉強やばいって聞いたけど」

「もー！　つまんないこと言ってないでさー、こんな可愛い子が抱きついてるんだから少しくらいドキドキしてくれてもいいと思うんだよねー？」

自分で言うなと思うものの、確かにまなみも整った顔立ちをしている。

清楚《せいそ》で正統派美少女の姉と比べると、好奇心《こうき》で輝《かがや》いた目や少し短い髪が年齢《ねんれい》差以上に幼さを感じさせる。ただそれでも可愛いことには間違いない。学年を隔てても話題になるくらいには。

「とりあえず一回離れろ」

「一回ってことは、この後お部屋で抱きついてもいいんだよね⁉」

俺に抱きついても楽しくないだろ。お姉ちゃんがすごい顔で見てるからやめなさい。

「相変わらずまなみは康貴くんにべったりねえ」

「さすがにこれはやりすぎだと思うんですけどね……」

愛沙は遠くでこちらを睨むだけで何も言葉は発していない。というのに恐《おそ》ろしい圧は次《し》第《だい》に凄《すご》みを増している。ただその圧はどうも俺にしか届いていないらしく、まなみは好き放題だった。

頼《たの》みの綱《つな》のおばさんも「あらあら」と柔和《にゅうわ》に微笑むだけで止める気はないらしい。

いいのか、嫁入《よめい》り前の娘がこれで。

「ほらほら！　早くお部屋行こ！」

「わかった、わかったから」

離れたと思ったら今度は手を取って階段へ引っ張るまなみ。

お前が俺に触《ふ》れるたび愛沙の顔がすごいことになっていってるからな⁉

前途《ぜんと》多難な家庭教師生活がスタートした。

◇

「第一回！　康にぃの勉強大会！　いえーい！」

「勉強するのはお前だからな？」

わかっているのだろうか。

目の前にいるやたらテンションの高い生き物を見つめて心のなかで問いかける。本当にこいつ、愛沙の妹なんだろうか。

いやまあ俺にとっても妹みたいに接してきたし、まなみもまなみで俺のことは兄のように慕《した》っている……と思う。

むしろ普通の兄妹《きょうだい》より仲がいい、というか……スキンシップが激しい気もする。その癖《くせ》がこの年齢になっても抜《ぬ》けていないことはさっき実証されていた。

「久しぶりだねぇ！　ほんと！　お姉ちゃんは学校で会えるからいいけど、私は寂《さみ》しかったんだよ？」

上目遣《うわめづか》いで見つめるまなみも、さすがに愛沙の妹だけあって美少女だ。同級生相手ならイチコロだと思う。

俺はもうなんか、慣れたというかまなみをそういう目では見られなくなっているので助かっているが、ここまで成長されてしまうとそろそろ危《あや》うい気もしてくる。愛沙の鬼《おに》の形相を思えば絶対に手を出そうなどとは思わないわけだが。

「せっかく一緒の学校入ったのにさぁ、全然お姉ちゃんも康貴にぃも会えないし、勉強はついていけないし……」

しょぼんとうなだれるまなみの頭を撫《な》でる。

「まぁ、そもそも入れたのが奇跡《きせき》だったからなぁ」

姉に似て顔立ちはいいものの、勉強は姉に似ずだめだった。

その分運動は愛沙より得意で、歳上の男である俺と張り合える運動神経の持ち主だったりもする。外で遊ぶときは必然的に愛沙よりまなみといる時間が長くなったのも、まなみが俺に懐いてくるきっかけになったかもしれない。

勉強も平均よりはできていたんだが、全員がある程度できるところに進学したわけだ。苦しくもなるだろう。

「まぁでも、康にぃが来てくれたからダイジョブ！」

「姉に習うって考えはなかったのか」

「もちろん最初はお姉ちゃんに頼んだんだよ？」

「え？　そうなのか」

だったらそれで解決しそうなものなのに。

愛沙は学年でもトップクラスの成績。対して俺は中の上といったところだ。絶対愛沙のほうが適任だと思う。

「お姉ちゃんはねぇ、身内にすごく厳しいから……」

遠い目をするまなみ。

まあなんとなくわかるし、身内同士だとやりづらさがあるんだろうな。

「お姉ちゃんもお姉ちゃんでなんか、私相手だとムキになっちゃうって言ってた。それでお母さんが康貴にぃの名前を出してくれて、お姉ちゃんもそれならって言って決まったんだよ?」

「ん?」

愛沙が良いって言ったのか?

「それより康貴にぃ! ちゃんとお姉ちゃんの相手してあげてる?」

俺の疑問は落ち着きのないまなみによって解消されることなく流されていった。

「愛沙の相手……?」

「なーんかさ、せっかく同じクラスになったっていうのに全然康貴にぃの話してくれないし」

ああ……。まなみの中ではいつまでも俺たちは仲のいい幼馴染《おさななじみ》なのか。

「最近はあんまり話してないからな」

「だめだよ! そのせいでお姉ちゃん、いつも機嫌悪いんだから!」

それは別の理由だと思うけどな……。変な男に絡《から》まれて愚痴《ぐち》ってるのはクラスでもちょこちょこ見ている。

それこそ俺から声でもかけようものなら、クラス中に身の程知らずのバカが勘違《かんちが》いして声をかけてきたと噂《うわさ》されてしまうに違いない。

「とにかく！　康貴にぃはお姉ちゃんの相手をする義務があります！　結婚《けっこん》まで約束してたんだし！」

「懐かしいなぁ」

よくある幼馴染の例にもれず、そんなこともしていた。ただまぁ、今の状況《じょうきょう》を考えればそんなもの意識しているのはまなみだけだろう。

「ま、そろそろやろう」

これ以上掘《ほ》り下げるとまなみに真実を伝えてショックを与《あた》える可能性もある。

いずれ伝わることではあると思うけど、先延ばしにできるならそうしておきたかった。

「もー。あんまり真剣《しんけん》に聞いてないなー？　とにかく！　もっとお姉ちゃんを構ってあげて！」

「はいよ。まなみが勉強頑張《がんば》ったらな」

「あ！　言ったなー？　私はやればできるんだからね！」

かもな。

俺たちの後を追いかけるために必死に勉強してきたことも、それがどれだけ大変だった

「知ってるよ」

「むふー。じゃあよろしい」

「なんでお前が偉《えら》そうなんだ」

「えへへ」

軽く小突《こづ》いてやると楽しそうに笑う。昔からこんな感じだな、まなみは。

「やるぞ。まずは数学だな？」

「よろしくおねがいしまーす！」

アルバイトということでお金までもらっているわけだから、気合を入れてやろう。

頑張り屋のこの子がしっかり報《むく》われてくれるように。

愛沙《あいさ》の想《おも》い【愛沙視点】

高西愛沙《わたし》は戸惑《とまど》っていた。

「なんであいつが家《うち》に……」

バクバクする心臓の音が、隠《かく》しきれない。

「今の今までぜんっぜん話もしてなかったのに……！」

突然《とつぜん》来るなんて不意打ちが過ぎる！　お母さんもまなみもこうなることをわかってて黙《だま》ってた……。絶対。

なんかニヤニヤしてたし。

「そりゃ確かに！　康貴《こうき》が家庭教師になるなら良いんじゃないとは言ったけど！」

冗談《じょうだん》だって思うじゃん！　あいつもあいつでそんなほいほい受けるだなんて思わないし！

「うぅー！」

いつものくまのぬいぐるみを八つ当たりするようにぎゅっと抱《だ》いてベッドに転がる。

康貴のことを考えれば考えるほどなんか、頭の中がごちゃごちゃしてきて、ちょっとモヤモヤする。

今だってきっと、隣《となり》の部屋でまなみとベタベタしているに違いない。私とは目があっても一声もかけてくれなかったくせに、まなみには抱きつくことまで許している。

私には一声もかけてくれなかったくせに！

「いつからこうなったのかなぁ……」

もともと康貴は私と仲良く遊んでたはずだった。

それがいつの間にか、まなみも一緒《いっしょ》に遊ぶようになって、気づけばまなみに全部持っていかれた。

いや、それは多分私の思い込みで、実際はそんなことはなかったんだと思う。それでも、なんか取られちゃった気がしてモヤモヤして、それが未《いま》だに残ってるんだ。

だからこうして家にまで来ていてなお、話すらできない。これじゃ同じクラスってだけで話ができないのだって、当たり前だ……。

「私のせい、だよね……」

康貴は優しいから私に声をかけてくれてたけれど、私が意地を張って突《つ》っぱねたことも多かったかもしれない。気がする。そうじゃないと思いたい。いや認めよう、そんな気がする……。

「はぁ……」

いや、でも結局あいつは最近私のことを避《さ》け始めた！　せっかくまなみと学年が違うから、ちょっと、一年だけでも、また私だけの康貴が帰ってきてくれるかもって、そう思ってたのに……。

私も悪かったことがあるとすれば、あいつが話しかけてきたときに緊張《きんちょう》して表情が硬《かた》くなるくらい。だと思う。あとはそんな、特に悪い態度を取ったつもりはないよね？　多分ない。

「やっぱクラスも一緒なのに、あいつがそっけないのはだめだと思うんだよね」

もう随分《ずいぶん》くたびれたくまのぬいぐるみに話しかける。

もちろん自分でもわかっていた。自分のせいでこの状況になっていることは。

でもそれを認めたら、何か全部がだめになる気がして、結局家にまで来たあいつに声すらかけられずにいる。

「もうちょっとなぁ……。まなみみたいに、素直になれればなぁ」

自分の性格は自分が一番よくわかっている。それが叶《かな》いもしない願いだということは重々承知だ。

でもその上で、もしそれができたら、あいつは私にちゃんと振《ふ》り向いてくれるんだろうか……？

「あいつ以外に好かれたって、意味がないのに……」

康貴をまなみに取られたと感じてから私は、ずっとあいつに振り向いてもらえるように努力をしてきたつもりだ。そのおかげかどうか、最近はほんとによく声もかけられるようになった。康貴以外の男に。

「もしかして、好みじゃない……？」

そんなことはない。あいつのことは誰《だれ》よりも見てきたんだ。

一生懸命《いっしょうけんめい》スタイルを良くしてきたし、髪型《かみがた》もあいつの好みのはず……！　顔はどうしようもないけど、あいつが嫌《きら》いな顔ではない……はずだ。

なのに……。

「はぁ……」

こうしてる間にも、まなみは楽しく康貴を独り占《じ》めしてるんだろう。

そう思うとなんかムカムカしてくる。あいつはきっとまなみにくっつかれて鼻の下を伸《の》ばしてるに違いない。

まなみもまなみで、ちょっと多分、わざとおっぱいを当てて誘惑《ゆうわく》したりしてるかもしれない。

「いや、それはないか……」

まなみは純粋《じゅんすい》に、康貴が来たのを喜んでたと思う。

でも……。

「おっぱいなら、私のほうがあるもん……」

そんな届きもしない想いをくまにだけぶつけて、いつものように抱《だ》きしめてベッドに転がる。

「いいなぁ……まなみ」

抱きしめたくまのぬいぐるみは、今となっては数少ない、〝あいつ〟からのプレゼントだった。

クラスのアイドルと勝利の女神

「お前、高西《たかにし》家に行ってるってホントか？」

「誰から聞いた？」

今日も話し相手は暁人《あきと》だ。

「いや、噂になってるぞ」

「え……？」

クラスの、いや学年のアイドル高西愛沙《あいさ》の家に同級生の男が出入りしているとなればまあ、噂になるのもわかる気はする。そうか、でも噂になってるのか……。

「まずいな……」

「やっぱ行ってるのか」

ここまでバレているなら言ったほうが良いだろう。

「実はさ、妹のほうに家庭教師をしてる」

「なんだと……。お前、高西妹にまで手を……」

だるそうにしていた暁人がガバッと身を乗り出してくる。

「いや待て、どっちにも手を出した覚えはない」

「でもなぁ……」

幼馴染《おさななじみ》だとか親同士が仲がいいとか、今の俺と愛沙の関係しか知らない同級生たちには言っても無駄《むだ》だろうからなぁ。でもまぁ、噂《うわさ》を沈静《ちんせい》化するためには家庭教師の話も同時に広めたほうが良い気はする。

「ま、俺もお前らの関係とかわからんけど、もちっと話してみてもいいと思うんだけどなぁ」

「いや、あの様子を見て、声かけられるか？」

今も俺が視線を向けるとすぐさま避けるように顔を背《そむ》けられたくらいだ。

「顔を背けるってことはさ、それまで見てたってことなんだけどなぁ」

「教室も狭《せま》いんだし、見えるのは見えるだろ」

「ま、お前がそう言うんならいいんだけどなぁ……」

仮に見られていたとしても、「お前のせいで変な噂が立ってるんだぞ」という非難の視線に違《ちが》いない。

「ところで高西妹ってさ、あの高西だよな？」

「あのってのがなにかわからんけど、まぁ話によく上ることは間違いない」

学年をまたいで噂になる美少女というのが話題に上る一因だ。もちろん、姉の存在も大きな要因ではあるが、それ以外にもう一つ、妹のまなみが有名な理由は他にもあった。

「勝利の女神だよな？　すげえな。勝利の女神とアイドルの家に合法的に通ってるのか、お前」

「合法ってなんだ……」

——勝利の女神

まなみに付けられたあだ名だ。

文字通り勝利や幸運をもたらす存在だが、まなみの場合は応援《おうえん》ではなく自力で勝利を手《た》繰《ぐ》り寄せる。

運動部の助《すけ》っ人《と》に入るとどんな部活でもレギュラーを押しのけて大活躍《かつやく》を見せる。まなみが助っ人に入った試合はほぼ負けなし、というと誇張《こちょう》があるが、かなり高い勝率をキープしているようだ。結果、いつの間にか勝利の女神としてうちの学年でも名前を聞くようになっていた。

さすがに小さい頃《ころ》から男に交ざって暴れてただけある。

「勝利の女神の方はともかく、あっちには歓迎《かんげい》されてるわけじゃないからなあ」

愛沙に憧《あこが》れを抱《いだ》く男子に昨日の顔を見せてやりたい。一部のマニア以外は恐怖《きょうふ》で震《ふる》えること必至だ。

「ま、女に関しては俺のほうが先輩《せんぱい》だから言わせてもらうとだな」

「ハラタツなそれ」

暁人の憎《にく》たらしいボサボサ髪を小突く。

「良いから聞けって。きっと高西も話したいとは思ってるって」

「そうか？」

「じゃなきゃ興味がないように振る舞《ま》うはずだ。他の奴《やつ》らと同じようにな」

話半分にしか聞くつもりはないが、こと女絡《がら》みに関しては暁人の言うことはある程度信《しん》憑性《ぴょうせい》がある。

校内で愛沙のように目立ったモテ方をする人間ではないが、それでも暁人は俺より経験が豊富なことは確かだ。悔《くや》しいことに。

「その話したいことが良いことか悪いことかはわからねぇけどな。でもなんかしら、話したいことがあるからああいう態度なんだと、俺は思うね」

「なるほど」

一応覚えておくか。

「ま、見てる感じじゃ近いうちに話すことになんだろ」

「ん？」

「ほれ、移動教室だぞ。次」

「あぁ」

暁人の予言じみた言葉がなぜか、その日は頭にずっと残っていた。

愛沙《あいさ》の唐揚《からあ》げ

「まなみー！　康貴《こうき》くーん！　そろそろ降りてらっしゃーい」

「はーい！」

「こら！　キリが良いとこまでやってから……って聞いちゃいないな」

　まぁ二時間も集中してたら十分か。

　もう家庭教師も何度目かになるが、まなみは集中が持続する時間は短いものの、一旦《いったん》やり始めれば普通《ふつう》に平均点を超《こ》える力があることはわかった。

　現状が赤点すれすれをさまよっているのは、集中するポイントがわからず何から手を付けていいか迷走していたせいだろう。

　まなみを追いかけて下に降りると、おばさんから晩《ばん》ご飯《はん》のお誘《さそ》いを受けた。

「ま、もう康貴くんのお母さんにも連絡《れんらく》しちゃったから、うちで食べないとご飯がないんだけどねぇ」

「喜んでいただきます」

　拒否権《きよひ》はなかった。

となると当然、こいつとも食卓《しょくたく》をともにすることになる。

「なに？」

「いえ……何もないです」

怖《こわ》い……。

本当に俺何かしたんだろうか……。今度まなみに聞いたほうがいいかもしれない。

いやでもまなみはまなみで「寂《さみ》しがってる」とかよくわからないことを言っていたので頼《たよ》りにならない。

考え込んでいるとニコニコしたおばさんが声をかけてくる。

「ふふ……。久しぶりねぇ、康貴くんがここでご飯食べるの」

「そうですね」

「もー。康貴くんの敬語が聞けるなんて思いもしなかったわー、あたし」

本当に久しぶりだ。昔は高く感じたテーブルが今では低いくらいになっていて驚《おどろ》く。

一方で、それだけ久しぶりでもここから見た景色を忘れないくらいには、当時はしょっちゅうここに来てお世話になっていた。

「康貴くんが久しぶりに来るからって、愛沙が張り切ってねえ」

「え？」

「ちょ！　ちょっとお母さん⁉」

何を張り切ったかわからないけど久しぶりに素の愛沙を見た気がする。

学校だとおしとやかなキャラになってるけど、昔はこういうの、よく見てたなぁ。なんだか懐《なつ》かしい。

「良いからほら、準備して！」

顔を赤らめておばさんを急《せ》かす愛沙。愛沙自身もテキパキと食器を出したり準備を進めている。

一方まなみは椅子《いす》の背もたれにこれでもかというほど身体《からだ》を反らせてぐったりしていた。愛沙と比べればささやかながら、その体勢になると胸が目立つからやめてほしい。

「もーだめ。つーかーれーたー！」

「あらあら。康貴くんがしっかり勉強させてくれてる証拠《しょうこ》ね」

「それはまぁ……」

まなみがぐったりするくらいには仕事をしていることをアピールできたところで、俺もなにか手伝えないかと席を立つ。

「えっと、俺もなにか」

「あんたは座ってて」

「はい……」

間髪《かんはつ》入れずに愛沙の冷たい言葉が飛んできた。お前をこの家で自由にさせないという強い意思を感じる。

「あははぁ。康貴にぃ、役立たず〜」

「何もしようとすらしてないまなみに言われたくはない」

「その通りね。ということでまなみはさっさとご飯をよそって」

「え〜。墓穴だった〜」

そうは言いつつのそのそ動き出すあたり、なんだかんだまなみはいい子だった。

いい家族だ。

ほどなくして準備が整い、四人で手を合わせて食事を始めたところでおばさんが声をかけてくる。

「そうそうー。それでね、康貴くん」

顔を上げるとお箸《はし》を持ったまま楽しそうに微笑《ほほえ》むおばさんがいる。

「この子ねぇ、今日康貴くんがうちで食べていくってわかったら、張り切っちゃってねぇ」

「――!?」

さっきの話の続きらしい。

愛沙は唐揚げを口に咥《くわ》えているせいで止めることができず、あわあわとおばさんとこちらを交互《こうご》に見て、最後に俺を睨《にら》みつけた。

ただ、今回は口に唐揚げを咥えたままという間抜《まぬ》けな顔だったので、どれだけ鋭《するど》い目つきでも怖くはない。むしろなんか、可愛《かわい》らしさすらある。顔も赤いしな。

「今日もほら、康貴くんが一番美味《おい》しそうに食べてる唐揚げ、この子がね」

そうだったのか。

驚いた顔で唐揚げと愛沙を見比べる。

「お母さん！　怒《おこ》るよ！」

「あらあら」

顔を真っ赤にして暴れる愛沙。急いで唐揚げを飲み込んだらしく慌ててコップに手を伸《の》ばしている。

「なによっ！」

そして怒られた。怖い。

でも一言、これだけは言っておいた。

「いや、えっと……美味しいなって」

褒《ほ》めたら更《さら》に顔を真っ赤にして目をそらされた。

お前と話すことなど何もないとでもいうかのようだ。

ただ、愛沙がわざわざ作ってくれたというなら、一言くらいはお礼を言いたくなった。

「ありがとな」

「どういたしましてっ！」

ぎこちないながらも、久しぶりの会話が成立したかもしれない。

その後はなぜか見張られるようにちらちら確認されながらご飯を食べることになって少し居心地《いごこち》が悪かったが、愛沙の表情はどこかいつもより柔《やわ》らかく感じられた。

高西《たかにし》家の作戦会議【まなみ視点】

「お姉ちゃん、素直じゃないなぁ」

嬉《うれ》しいのと恥《は》ずかしいのとで顔が真っ赤なお姉ちゃんに話しかける。

ほんとにもう……素直じゃないなぁ。

「うるさい！」

「でも良かったね、美味しいって言ってもらえて」

「それは……うん……そうだけど……」

顔を真っ赤にしてクッションに沈《しず》む姿。こんなの男に見せたらイチコロだと思う。康貴《こうき》にぃも多分、そうだ。

妹の私でさえちょっとドキッとしちゃうんだから。

このあたりはさすが、私の学年にまで噂《うわさ》が流れる超絶《ちょうぜつ》美少女の姉だけある。私にもこのくらいの可愛さがあったら、康貴にぃももうちょっとちゃんと見てくれたかなぁ。

ま、今はお姉ちゃんの方に集中しなきゃだね。

「もうちょっと素直にならなきゃねぇ」

「わかってるわよっ！」

わかってない様子で応《こた》えるが、目に涙《なみだ》を浮《う》かべているので精一杯《せいいっぱい》さは伝わってきている。

「なかなか素直になれないお姉ちゃんのために、私が一肌脱《ひとはだぬ》いであげましょう」

「嫌《いや》な予感がする」

「失礼なっ！」

人の善意を何だと思ってるんだこのお姉ちゃんは！

「私、康貴にぃに勉強教えてもらってるでしょ？」

「そうね……。私は声すらかけてもらってないのに……まなみは……」

あ、なんか地雷踏《じらいふ》んだ。

まぁ面倒《めんどう》だから話をすすめちゃおう。

「で、テスト前はほら、康貴にぃも勉強しなきゃだから来ないんだけど」

「え、来ないの……？」

ほとんど会話してないどころか来ても睨《にら》みつけて威嚇《いかく》してるだけなのに、来るのは楽しみにしてたのかあ。重症《じゅうしょう》だなぁ……これ。

ま、今はいいや。

「でもね！　勉強会ってことなら、来てくれるんじゃないかなぁと思って！」

「勉強会……？」

うつむいていた顔が上がる。

うるうるした上目遣《うわめづか》い。ほんとにもう、これ見せただけで康貴にぃはイチコロだと思うんだけどなぁ。

そうされちゃうと私の可能性が全くなくなっちゃうから言わないけど！　いや、もうちょっとアドバイスした方がいい気もするけど……。なんだかんだ言ってお姉ちゃんと康貴にぃがくっつくのは、ある意味私の希望通りの展開の一つではある。

ただなぁ……ちょっとは手伝ってあげるけど、決定的なところまで譲《ゆず》ってあげる気にはなれない。私も私で、複雑だなぁと思う。

っと、今はお姉ちゃんの話だった！

「そ！　勉強会！　そしたらほら、お姉ちゃんも自然と交ざれ──」

「ムリムリムリムリムリ！」

言い切る前に食い気味で否定されちゃった……。

「えー……」

「だって……あいつ私のこと……嫌《きら》いだろうし……」

それは絶対ないだろうけどなあ。

ほんとお互《たが》い、こんなのばっかで世話の焼けるお兄ちゃんお姉ちゃんだよね。

「こんな素直じゃないのがいたら居心地悪いだろうし」

そこは否定できないけど。

「勉強も……あれ？　もしかして」

「お？」

なんか急に立ち上がって学校のかばんをガサゴソ漁《あさ》り始めた。

「あ！　これなら！」

「これ？」

「ノート！　ほら、あいつ今回、風邪《かぜ》引いて休んでたとこがあるはず！」

確かに康貴にぃ、一学期の途中《とちゅう》休んでたんだった。

お姉ちゃんが「今日もいなかった……」ってめちゃんこテンション低かったから私まで覚えちゃったよ。

でもこれはいいアイデアだ！

「おー！　じゃあノートを借りるってことで、お姉ちゃんを巻き込めばいいんだね！」

「うん！　そしたらほら、ノートだけでもあいつと勉強できる！」

「え、お姉ちゃんは来ないの？」

それよりノートだけでも一緒《いっしょ》に勉強できるってどういうことなの？　大丈夫《だいじょうぶ》？　お姉ちゃん？？？

「私がいたら……あいつ……」

「あー！　もう！　めんどくさいな！　いいからお姉ちゃんも参加！　強制！」

「でも」

「でもじゃない！　はい！」

「ちょっと落ち着い――」

「返事は！」

「えーっと」

「返事ははい！」

「はい……」

「よし」

このくらいしないとお姉ちゃんはだめだ！

ほんとにもう、この調子ならほんとに、康貴にぃ取っちゃえるんじゃないかって、思えてきちゃうよ。

「勉強会……あいつと……」

ほわほわと乙女《おとめ》の表情を浮かべるお姉ちゃんを見てると、その気持ちはぐっとこらえて胸の奥にしまっておこうって、毎回なっちゃうんだけどね……。

勉強会

「お邪魔《じゃま》しまーす」

「あ！　康貴《こうき》にぃ！　はーやーくー！」

玄関《げんかん》先で挨拶《あいさつ》すると、上の部屋からまなみが呼んできた。

もうすでに細かいやり取りはなく、直接まなみの部屋に向かうのにも慣れてきている。

元々勝手知ったる人の家というのもあって馴染《なじ》むのは早かった。

ただ、今日は予想外のことが起きていた。

「やっほ！　もう始めてるよ！」

「お、おう……」

予想外は二つ。

一つ目は――

「なに……？」

「いや、何《なに》もない……けど……」

部屋に愛沙《あいさ》の姿があったこと。

相変わらず不機嫌《ふきげん》を隠《かく》さない表情と冷たい声音《こわね》で、目を合わさずに声をかけられる。なんでいるんだ……？　俺が来るの、知ってたよな……？

そしてもう一つの予想外は――

「なぁに～？　康貴にぃ、お姉ちゃんがいるから緊張《きんちょう》してるの～？」

ニヤニヤ笑うまなみのあまりにもあまりにな薄着《うすぎ》だ。

タンクトップのせいであちらこちらの肌が露出《ろしゅつ》しており、ショートパンツがちらっと見えるが角度によっては穿《は》いてないようにすら見えてしまう。

幼いとはいえ間違《まちが》いなく美少女ではあるまなみの無防備な姿に思わず反応してしまいそうになって必死に目をそらした。

「……」

愛沙の視線が怖《こわ》い。現実逃避《とうひ》も兼《か》ねて一旦《いったん》状況《じょうきょう》を整理する。

テスト期間に差し掛《か》かったところで、俺の勉強を心配してくれたおばさんから家庭教師はお休みの提案をしてもらっていた。

ただすでにまなみの家庭教師も予定に組み込んでいたため、やっても問題がないというか、むしろまなみの方が心配なのでどうしたものかと思っていたところで、ちょうどまなみから勉強会の提案を受けたわけだ。で、テストが差し迫《せま》る今日、高西《たかにし》家にお邪魔することになった。

なんだかんだ人に教えることで勉強になる部分は多いので来れて良かったと思っていたんだが……。

「まなみ、気をつけなさい。すごい顔でまなみのこと見てるわよ」

「えっ？　お姉ちゃんがいるから緊張してるんじゃないの？」

どちらも外れではないのがつらい。今の俺にできることは黙《だま》って耐《た》えるだけ……。

幸いなことにほどなくして下の部屋から助け舟《ぶね》がもたらされた。

「ごめんなさいねぇ。テスト前だっていうのに」

ケーキと紅茶をお盆《ぼん》に載《の》せたおばさんが救世主に見えた。

「いえいえ、良い復習になるので良かったです。すみませんケーキまで……」

「いいのよそんなの。よろしくねぇ、いつもの倍いて大変だろうけど」

「私を数に入れないで！」

まなみと同じ扱《あつか》いに不満を持った愛沙から抗議《こうぎ》の声が上がる。

まあ確かに、一緒にされるのは癪《しゃく》だよな。愛沙の成績は俺より遥《はる》かにいいし。

「ふふ……。そうね。愛沙は康貴くんのために一緒にやるんだものね？」

「適当なことも言わない！」

「はいはい。じゃあ三人とも、頑張《がんば》ってね」

愛沙が怒《おこ》るがさらりと躱《かわ》して部屋を出るおばさん。矛先《ほこさき》を向ける相手がいなくなったせいか、愛沙の怒《いか》りはなぜか俺へと向く。

「全然そんなんじゃないから。勘違《かんちが》いしないで」

「大丈夫、わかってる」

愛沙が俺のために参加するわけなどないとわかっていることを伝えたが、それでも愛沙の不満は収まらず一層厳しい視線をこちらへ向けていた。

「まぁまぁ。でもお母さんの言ってるのも、全く嘘《うそ》ではないんだな〜」

「ん？」

まなみがそう言うとバツが悪そうにする愛沙の姿が目に入った。

「なに？」

「いえ……」

俺は何も言ってない。

「はぁ……。ほら、康貴にぃ、一学期風邪《かぜ》で休んでたときあったでしょ？」

「ん？　あぁ、そういえばあったな」

「そのときのノート、誰《だれ》かに見せてもらった？」

「一応……ああそうか。もしかしてそれを愛沙が……？」

休み明けに暁人《あきと》から借りたは借りたが、あいつは休み時間の終わり間際《まぎわ》から寝《ね》るようなやつだ。言われてみればそのときの授業内容は三割も頭に入っていなかった。

「ふん」

そっけない態度を取りながらも丁寧《ていねい》に書き込まれたノートを机の上に出してくれる愛沙になにか懐《なつ》かしいものを感じて思わずまじまじと見つめてしまった。

「な……なによ」

「あ、あぁ、ごめん。ありがとな」

素直にお礼を言う。いつもみたいに冷たくあしらわれるかと思ったが、か細い声が返ってきた。

「そ、そう。役に立てるなら……良かったわ」

顔を赤らめて目を背《そむ》ける愛沙になぜかドキッとしてしまう。いつもとギャップがありすぎて動揺《どうよう》しているんだと自分に言い聞かせるが、久しぶりに見た幼馴染《おさななじみ》の柔《やわ》らかい表情は思いのほか魅力《みりょく》的に映った。

愛沙ってこんな、可愛かったんだな……。

◇

愛沙のノートは可愛らしく読みやすい字で、とても丁寧にまとめられていた。

真面目《まじめ》な性格が反映されており、各授業の後に必ず授業内容を振《ふ》り返り、まとめ直している。これのおかげで休んだ部分も板書内容だけでなく中身もしっかり頭に入ってきた。

「すごい……。めちゃくちゃわかりやすい……」

「ふふーん。なんてったって私のお姉ちゃんだからねー」

なぜかまなみが偉《えら》そうにするが、たしかにこれが身内なら誇《ほこ》らしくなるのもわからなくはない。自慢《じまん》の姉というやつだろう。

「しかしそうか……毎回ここまでやるから高西はあの成績なのか」

成績上位三十名は張り出されるが、愛沙はその中でもさらに上位の常連だ。さすがとしか言いようがない。

と、そこで愛沙の様子がおかしいことに気づく。褒《ほ》めたつもりだったのに機嫌《きげん》が悪い。

「えっと……気に障《さわ》ったなら申し訳ない？」

もしかしたら俺ごときに成績を語られるのも腹立たしかったのかもしれない。

と思ったら、愛沙の怒りの原因は想定外のところにあった。

「名前」

「え？」

名前……？

「なんで私だけ苗字《みょうじ》なの」

「あ、あぁ……」

クラスでの距離《きょり》を考えれば、普段《ふだん》から口に出すときはこうしておく必要があるので癖《くせ》になっていた。

「えっと……ごめん？」

「ごめんじゃない。名前」

圧を感じる。

「あー……」

愛沙が言いたいことはわかる。が、こう改まられるとなんか緊張する。

ただまぁ、やらないと愛沙の周りだけ冷房《れいぼう》いらずの冷たい空気がさらに冷え込んでいっているので、ためらいがちに声に出す。

「……愛沙」

ふわっと愛沙が笑った。

「うん。よろしい」

名前を呼んだのも、そんな柔らかい表情で笑いかけてきたのも、久しぶりすぎてなんだかよくわからない気分になる。

それはどうも愛沙も同じだったらしく、さっと顔をそらして机に向き直った。

ただ長い髪《かみ》をかきあげたときに見えた耳が真っ赤になっているのだけは、はっきり見えてしまった。

「ふふーん。康貴にぃ、お姉ちゃんは可愛いでしょ」

ここで余計なことを言うとまた機嫌を損《そこ》ねかねないので、とりあえず愛沙には見えないように黙って頷《うなず》いておく。

「さてさて、可愛いお姉ちゃんを堪能《たんのう》したから、次は私の番でーす！」

そう言って教科書をほっぽりだしてこちらへ飛びついてくるまなみ。俺が膝枕《ひざまくら》するような体勢になった。

「疲《つか》れたのか？」

ナチュラルに飛びついてきたので頭を撫《な》でてやろうとしたが、愛沙がいることを思い出して慌《あわ》てて手を引っ込めた。

基本的にまなみから来る分にはギリギリでセーフだが、俺が何かするのは認めないというのがここまで愛沙を観察して得た教訓だった。まなみはちょっと不服そうだ。

ただ、恐《おそ》る恐る様子を窺《うかが》った愛沙の態度は、いつもと違っていた。

「休憩《きゅうけい》にしよっか」

穏《おだ》やかな表情の愛沙はそう言って立ち上がり、部屋を出て下に降りていった。

あれ？　思ってたのと違う。

戸惑《とまど》う俺を見ながら、まなみは膝の上で楽しそうにニヤニヤしていた。

◇

愛沙が部屋を出てすぐ、まなみと目を合わせる。

「なぁまなみ」

「ん〜？　お姉ちゃんが機嫌がいい理由？」

俺の膝の上で仰向《あおむ》けになり、お見通しと言わんばかりの表情でこちらを見上げてくる。

「心当たりはあるんじゃないのー？」

心当たりというか、変化のきっかけなど名前を呼んだあれしかない。

「ずっと寂《さみ》しかったんだよ。お姉ちゃんも」

「そんなことは……」

ないだろ？　あの愛沙だぞ……？

「わかってるんでしょ？　康貴にぃも」

じっと見上げてくるまなみの表情は、いつものあどけなさが抜《ぬ》けて、どこか儚《はかな》いほど真《しん》剣《けん》だった。

「お姉ちゃんのことは、家族以外では康貴にぃが一番見てきたんだから」

「そうか……？」

そう言われれば、そう……なのかもしれない。

ただ……いや、今となってはもう遠い存在としか思っていなかった。もしかしたら愛沙もあまり変わっていないところがあったのかもしれない。

そういうことなのだろうか？

考え込もうとしたところでまなみが膝から飛び起きてきた。

「さて！　お姉ちゃんがいないうちにやりたいことがあるんだった！」

さっきまでの神妙《しんみょう》な表情はどこへいったのか。一瞬《いっしゅん》でいつもの明るい表情に戻《もど》ったまなみが声をかけてくる。

「何するんだ？」

「ん。康貴にぃと約束！」

「約束？」

なぜか正座をして、目をキラキラさせながらこちらをまっすぐ見据《みす》えるまなみ。

元の可愛さとさっきまでのギャップですこしドキッとさせられる。

「次のテストでね、私が頑張《がんば》ったらご褒美《ほうび》がほしいんです」

「いいぞ」

「軽いっ！　まだ内容も言ってないのに！」

結果はともかく頑張りは一番近くで見ているわけだ。元々そのつもりだった。

ケーキとか買ってきてやれば喜ぶだろうなと思っていた。

「じゃあ！　私が三十番以内に入ったら康にぃは私の言うことを何でも聞いてください！」

「三十番かぁ……」

もうちょっと現実的な数字の方が、ショックを受けないで済むような気はする。

「ちょっと！　やる前からその顔はやめて！」

「ごめんごめん。でもいいのか？　その順位で」

「むしろ康にぃは、何でも言うこと聞くってところにツッコまないでいいの？」

それはまぁ、どうせまなみはケーキとかでいいはずだから。

「なんか失礼なこと考えてる気がする」

「ま、約束はするよ」

「ほんとっ？　よしっ、よしっ！」

なぜか俺に背を向けてから小さくガッツポーズをしている。隠《かく》れてやったつもりだとしたら丸見えすぎて微笑《ほほえ》ましかった。

「じゃあ、約束！」

「懐かしいな、これ」

改めてこちらを向いて正座したまなみが小指をこちらへ向ける。

差し出された小さな小指に、ふた回りほど大きい自分の小指を絡《から》める。お互《たが》い成長してるんだな。やっぱり。

「ゆーびきーりげーんまーんうーそつーいたーら康にぃの恥《は》ずかしい秘密を学校中にばらまく」

「待った」

「指切った！」

リズム無視のめちゃくちゃな約束に抗議《こうぎ》するが問答無用で指を切られてしまった。

「じゃ、結果を楽しみにしてて！」

そう言ってまなみは定位置に戻っていく。

タイミングを見図《みはか》らったかのようにお菓子《かし》とお茶を持った愛沙が部屋に来たので、勉強会は一旦休憩《いったんきゅうけい》ということになった。

満面の笑みのまなみと、柔《やわ》らかく微笑む愛沙。改めて見ると、場違《ばちが》いな気がして緊張《きんちょう》するほど、二人とも可愛く、綺麗《きれい》に成長していた。

暁人の言葉を思い出す。

『高西姉妹の家に合法的に通えるなんてお前、その辺の男連中からしたら宝くじが当たるより嬉《うれ》しいぞ』

その男たちの気持ちが少し、理解できた気がした。

世話の焼けるお姉ちゃん【まなみ視点】

「ふふ……ふふふ……」

「お姉ちゃん、怖《こわ》い……」

康貴《こうき》にぃが帰った後の高西家《我が家》。私とお姉ちゃんはそれぞれ今日の余韻《よいん》に浸《ひた》っていた。

お姉ちゃんの方はちょっとなんか、危ない感じもするけど……。

「だって……名前呼んでくれたの、何年ぶりかな……」

「よかったねぇ。ほんと」

そしてその目をうるませて顔を赤く染めながらクッションに沈《しず》む。ほんとにそれ見せたら康貴にぃ、すぐお姉ちゃんのものになると思うんだけどなぁ。

ま、そんなすぐにはムリだよね。

「ありがとね。今日」

直球の感謝に思わず目を見開いてお姉ちゃんの方を見てしまった。

恥ずかしくなったのか「なによ」と言って顔を背《そむ》けてしまったけど。

ほんとに嬉しかったんだね。お姉ちゃん。

「でもね、お姉ちゃん。それで満足してたらだめだよ」

お姉ちゃんはほっといたらこれで満足しきってしばらくまた何もしないはずだ。

こうして久しぶりに康貴にぃと接してれば昔と変わってないことがよくわかる。昔と変わっていないということは、お姉ちゃんと私を惚《ほ》れさせるくらいに、魅力《みりょく》的で優しいってことになる。

それはつまり、他の人に取られちゃう可能性があるってこと。お姉ちゃんになら良いけど、他の人と康貴にぃが付き合ってるのは見たくなかった。

「でも……まなみには言ってなかったけど、私康貴には多分嫌《きら》われて……」

なんで二人して同じようなことを言ってるんだろう……。

「いいの？　康貴にぃ、取られても」

「取られる……？」

「知ってる？　一年生の中では康貴にぃ、結構人気なんだよ？」

「えっ!?」

うつむいていたお姉ちゃんが掴《つか》みかからんばかりの勢いで飛んできた。

「ほら、康貴にぃ面倒見《めんどうみ》がいいから」

「でも、あいつが下級生と話す機会なんて……あ……」

「康貴にぃ、応援団《おうえん》だからねぇ」

「あ……そっか……そうよね。あいつ歳下にはすごく優しいから……」

なぜかお姉ちゃんから責められるような視線を受けるけど、気にしたら負けだ。

うちの学校はクラスごとの縦割りで体育祭のチームを分けてる。応援団とは名ばかりで実際には体育祭の実行委員会として雑務を押し付けられてて、集まる機会も多いのだ。

「でも康貴にぃ、あんなのよく入ったよねぇ」

「あれね……うちのクラスは運動部が多いから」

「あー……」

集まる機会が多いせいで、部活に集中させたい強い運動部は応援団に入るのを禁止しているところが多い。結果的に運動部が活躍《かつやく》する体育祭の実質的実行委員会は、非運動部、なんなら康貴にぃのような帰宅部が多く入ることになっているというわけだ。

ま、今はそんなことどうでもいいか。とにかく今はお姉ちゃんをちょっと焦《あせ》らせることだ。

「あのね、私テスト終わったら康貴にぃとデートしてもらうの」

「ふーん。そう。テストが終わったらデート……え？　デート？」

「デート」

「デート……？」

あ、思ったより効いてる。待って？　効きすぎてて目が怖い。

「私がテストで三十番以内に入ったら、何でも言うことを聞いてもらうって約束したんだよ」

「なにそれずるい……」

「で、デートをしてもらうの」

「でもそれ、どうやって三十番以内に入るの……？」

「うっ……」

二人して本当に信用がない。

私だってやればできるのに……。二人とも見てろよ～！

「まああそれはともかくさ！　お姉ちゃんもやってみたらどうかな？」

「やってみる……？」

「三十番以内に入ったらデート作戦」

「三十番以内に入らないほうが難しい状況《じょうきょう》で……？」

こいつ……。

「じゃあ例えば、康貴にぃと勝負するとか」

「勝負？」

「そう。成績で。お姉ちゃんならハンデつけてでもなんとかなるでしょ？」

康貴にぃも家庭教師を頼《たの》まれるくらいの成績はずっとキープしてるみたいだけど、お姉ちゃんと比べちゃうと、ね……。

これは全然康貴にぃが悪いわけじゃない。お姉ちゃんの成績が良すぎるだけだ。

「明日学校で言ってみたら？」

「学校で……？　でも私、あいつに避《さ》けられてるから……」

多分そうじゃないから大丈夫《だいじょうぶ》だよ、お姉ちゃん。

「じゃ、私だけテストが終わったらデートしてこようかな」

「む……」

「ふふ……」

頑張れ！　お姉ちゃん！

その後下を向いて考え込み始めたお姉ちゃんに小さくエールを送って、私はそっと部屋を出た。

「お姉ちゃんに塩を送るのはこれで最後にしたいなぁ……」

まあでも、しばらくはこれも、楽しいかもしれないなと思って勉強モードに頭を切り替《か》えた。

なんとしても三十番以内に入るんだ！　家庭教師の康貴にぃだって喜んでくれるはず！

「頑張《がんば》るぞー！」

幼馴染《おさななじみ》と妹

「ちょっと！」

「え……？」

高西愛沙《たかにしあいさ》はとにかく目立つ。

一番の理由は人の目を引く容姿だ。別に髪《かみ》色が派手とか、服装がおかしいとかそういうことじゃなく、なんというか、オーラが違う。

で、その目立つ愛沙がこんな村人Aである俺に話しかけると当然周りがざわめき立つ。

だがそんなことお構いなしに愛沙は続ける。

「まなみとの話を聞いたわ」

「あぁ……」

どのことだろう？

まあいい。なんか怖いし早く終わってほしいから、いちいち確認したくない。

「私とも何かするべきじゃない……？」

「高西とも……？」

何の話だろうか。あ、まずい。なんかわからんけど機嫌《きげん》を損《そこ》ねた。目つきが三段階くらい険しくなった。怖すぎる。

「高西……？」

「えーと……」

「私の名前は？」

怒《おこ》ったのそこなのか？

「机に手をかけてこちらに身を乗り出してくる愛沙。

怖いです。言います。

「愛沙……」

「よろしい。で、まなみにはご褒美《ほうび》をあげるようだけど、同じ条件だと康貴《こうき》が可哀想《かわいそう》よね」

あぁ！　まなみのってそのことだったのか！

だとしたら同じ条件って……愛沙がめちゃくちゃ体調を崩《くず》したりしない限り俺は言うことを聞く羽目になる。理不尽《りふじん》だ。なにさせるつもりだ⁉

「そんな顔しないでも、同じ条件でなにかするわけじゃないわ。勝負をするの」

「勝負……？」

「そう。私の一番点数の低かった教科と、康貴の一番点数が高かった教科で良いわ」

「それは……」

いくらなんでも舐《な》めすぎだと言いたいが、実際にはそんなこと言えない絶妙《ぜつみょう》なラインだった。

愛沙の成績はすべての教科で九〇点前後だから。

対して俺は良い教科がギリギリ九〇に届くかどうか。この勝負のためにある程度力を入れる教科を絞《しぼ》るにしたって、極端《きょくたん》に一教科に集中して他の教科の成績を落とすというわけにもいかないことを考えれば、本当に絶妙だ。

「勝った方の賞品は、まなみと同じで。わかった？」

「お、おう……」

思わず頷《うなず》いてしまったのは、またこちらに身を乗り出して目の前まで顔を寄せられたせいだ。免疫《めんえき》がないんだから勘弁《かんべん》してくれ。普通《ふつう》の女の子相手でもダメな距離《きょり》に、愛沙みたいな美人が来たら誰《だれ》だって何も言えなくなるだろう……。

「よろしい」

有無《うむ》を言わせない勢いそのまま、愛沙はさっと身を翻《ひるがえ》して自分の席に戻《もど》っていった。

あ、いい匂《にお》いがする。いやそんなこと言ってる場合じゃない。

「随分《ずいぶん》目立ったな、自称《じしょう》村人」

ニヤニヤしながら暁人《あきと》が話しかけてくる。

「うるせぇ」

「なんだかんだ言ってもやっぱ、可愛いもんなぁ、アイドル様は」

自分でも顔が少し火照《ほて》っているのを感じる。

愛沙が可愛いことは否定はできない。ちょっとドキドキしたのも事実だった。

「で、何だったんだ？　今の」

「あー……何だったんだろうな？」

予想できる展開としてはまなみが何か言って意地になった愛沙が絡《から》んできたというパターン。これは昔からちょこちょこあるパターンだった。

そうなった愛沙は普段の冷静さを忘れてムキになるところがある。今回みたいに。

「ま、これまではなぜかアイドルに目をつけられてただけのお前が、直接接点を持ったわけだ」

周りの印象はそういうことになるだろう。

「俺としては別に、違和《いわ》感のない組み合わせなんだけどな」

「バカ言うな。俺とあいつで釣《つ》り合うか」

「その言い方だとあれだな。お前は受け入れ態勢ばっちりってわけか」

失言の揚《あ》げ足を取られてしまったと思うがもう遅《おそ》い。

顔が赤いことは、暁人にすでに見抜《みぬ》かれていたから。

「まぁいいじゃねえか。これを機にちょっとは話せよ」

「それはまぁ、良いんだけどな」

ただなぁ。可愛いのは確かだし、昔からの付き合いもある。

それでも、今の様子は正直、物理的に怖《こわ》い。睨《にら》みを利《き》かせる愛沙の眼力《めぢから》は年々上がっているし、最近はより一層厳しくなっている。

今回の件、条件は要するに、勝ったほうが負けたほうに何でも言うことを聞かせるというものだ。勢いそのままに頷かされたが、あの相当のハンデがあってなお、勝算は五〇%もない。

何かしら従わせたいことがあって挑《いど》んできたのだとすれば、警戒《けいかい》しておいたほうがいい。

「例えばだけど、まなみの家庭教師から引きずり下ろすってこともありうるな……」

「それはお前……ネガティブが過ぎるだろ……」

自分でもそう思うがここ数年の愛沙との付き合いだけを考えるとまぁ、ありえない話ではないなと思ってしまう。

そして何より、ポジティブに考えるのはその予想が外れたときのショックが怖い。特に自分の気持ちが少しずつ意識されてきている今、それを考えるのは少し、色んな意味で怖かった。

◇

授業を挟《はさ》んでなお、「なんなんだあいつ……？」「なんで高西さんが……？」という声と視線が突《つ》き刺《さ》さる。

「はぁ……」

「なんだなんだぁ？　男子みんなの憧《あこが》れに声かけられてため息とは結構なご身分だな？」

ニヤニヤと暁人が顔を近づけてくるので八つ当たり気味に頭を小突いておく。

あの後すぐに授業に入ったはいいものの、消化不良気味のクラスメイトたちは授業が終わった途端《とたん》ざわつき始めた。中にはこちらを射殺すかと思わんばかりの視線すらある。

「くそ……あいつもうちょっと自分の影響《えいきょう》力を考えろ……」

「そりゃあお前、これまで話してなかったツケだろ。家まで行っておいて釘刺《くぎさ》してないんだから」

まぁ確かに、そう言われればまあ俺にも非が……いや納得《なっとく》できねえ。

「ま、後は帰るだけだろ」

「だから気が重いんだよ……」

休み時間と違って終わりがないんだ。いつまでもこれが続くのかと思うと気が重い。

「向こうはいつもどおりってのもまた、ほんとに差を感じるよなぁ？」

暁人のニヤニヤが止まらない。こいつは人の不幸がそんなに楽しいのか……。

「まあでもさすがにあの辺は、情報のキャッチアップがはやいな」

「それがまぁ、数少ない救いだな」

愛沙の周りに集まるのはクラスの中心人物たち。吹奏楽《すいそうがく》の部長だったり、サッカー部のエースだったり、生徒会副会長で次期会長候補だったり。

愛沙の家に行っていることも、その理由も、本人からでなくとも情報収集はできる人間たちだ。

だからまあ、あの辺は特段いつもと変わりなく過ごしている。あのあたりから敵意をむき出しにされると、学校生活に影響を及《およ》ぼしかねないのでその点は非常に助かっていた。

「ま、良い思いした分少しくらいは苦しんで――」

「康貴にぃぃぃいいいいいい！」

暁人の楽しそうな声は思わぬ乱入者の声でかき消された。

いい気味だと思う暇《ひま》もない。最悪のタイミングで最悪の来客だった。

「まなみ⁉」

窓側の俺よりも扉《とびら》に近いのもあって俺より早く愛沙が反応した。

「あ、お姉ちゃん！　もうホームルーム終わった？」

「まだよ。ちょっと外で待ってなさい」

「はーい。康貴にぃ！　また後でね！」

ブンブンと俺に手を振って扉から離《はな》れるまなみ。

扉と俺を交互《こうご》に見るクラスメイト。

視線とざわめきが先程までの比ではないほど膨《ふく》れ上がったところで、担任がやってきてホームルームとなった。

「最悪だ……」

うなだれる俺を、やはり楽しそうな暁人が笑いながら肩《かた》を叩《たた》いていた。

◇

「勘弁してくれ……」

今から明日の学校のことを思うと気が重い。いや明日は休みか。良かった。いや良くないか。ダメージを負う時間が長引いただけな気もする。

いずれにしても気が重いことには変わりがなかった。

「あははー。康貴にぃ、元気だして？」

「お前のせいだからな！」

「わー！」

髪《かみ》の毛を強めにグリグリとやってやったが、まなみの方はそれでも楽しそうに笑うだけだ。

あのあと逃《に》げるように学校を離れ、ようやく落ち着ける場所まで出てきたところだった。

「まなみ。こういうのはもうやめなさい」

「えー……」

なし崩し的に一緒《いっしょ》に帰ることになった愛沙からも注意が飛ぶ。

「康貴も困ってるじゃない」

「困ってるのー？　康貴にぃ？」

二人揃《そろ》って困らされたのでコメントがしづらい……。

黙《だま》っているとまなみはニヤリと笑ってくっついてきて、愛沙の視線が鋭《するど》く歪《ゆが》んだ。

双方《そうほう》良い方と悪い方に勘違《かんちが》いしている。

「康貴にぃは優しいから大丈夫《だいじょうぶ》だよねー？」

「そう……。まなみと楽しく帰ってくればいいわね」

「おいおい……」

一気に不機嫌《ふきげん》になった愛沙をどうしようかと悩《なや》んでいたら俺にくっついていたまなみが飛びつくように愛沙に抱《だ》きつきにいった。

「おねーちゃーん！」

「きゃっ」

可愛らしい叫《さけ》び声。

「ひゃっ！」

そしてまた可愛らしい声が漏《も》れる。これはくっつきにいったまなみがそのまま耳元でなにか囁《ささや》いたせいだ。よく聞こえないが愛沙の表情が徐々《じょじょ》に柔《やわ》らかくなってるのを見ると、なんかしらフォローを入れてくれているらしい。

ただいちいち「んっ」とか「ひゃっ……ちょっと近すぎるわよ」とか聞こえてくるのはやめてほしい。妙《みょう》な気持ちになる。

しばらく小声でなにか囁き合って、ため息をつきながら愛沙が隣《となり》に並んだ。

「はぁ……仕方ないわね……」

「えへへ。私はお姉ちゃんも康貴にぃも大好きだから！　一緒に帰りたかったの！」

「はいはい……」

仕方なさそうに笑ってまなみの頭を撫《な》でる愛沙。やっぱり睨んでなければ、ほんとに可愛いな……。

「なに？」

と、見ていたのがバレていつもの顔に戻《もど》ってしまう。

「康貴にぃはお姉ちゃんに見惚《みと》れてたんだよ」

「なっ⁉」

まなみの言葉に俺より愛沙のほうが顔を赤くする。

まなみがいるとお互《たが》い振《ふ》り回されっぱなしである。

「でしょ！　康にぃ？」

「あー……」

返事をしないのはまずい方向に転ぶというのを先程学んだばかり。

そして何より、愛沙のこちらをちらちらと不安げに窺《うかが》う様子が可愛くて、思わず頷《うなず》いてしまった。

「えへへー。そうだよね！　お姉ちゃんは可愛いもんね！」

上機嫌《じょうきげん》ななみと、顔の赤い二人が影《かげ》を伸《の》ばしながら、そこからは特に誰《だれ》かなにか言うでもなく、家まで歩いていく。

久しぶりに三人で歩く道は、いつもの道なのに懐《なつ》かしく感じられた。

テストが明けて

なんだかんだで時は過ぎてテスト期間も終わった。

学校に名を轟《とどろ》かせる高西《たかにし》姉妹に絡《から》まれた次の週。覚悟《かくご》を決めて登校した月曜日の朝は、拍子抜《ひょうしぬ》けするほどいつも通りだった。

俺みたいなモブがあの二人といざ並んだのを見たら、変な勘《かん》ぐりは起こらないくらいに差があることにみんなが気づいたとかだろうか。

それともテスト前でそれどころじゃなかったとか……。

という話を暁人《あきと》にしたら、呆《あき》れながらこう答えられた。

「いや、お前……。高西が騒動緩和《そうどうかんわ》にだいぶ奔走《ほんそう》してくれてたぞ」

「え？　そうなのか？」

「お前ほんと……そんなんだからあの態度なんじゃないのか？」

「う……」

否定できない。

そのあたり、愛沙《あいさ》は案外気を回す部分はある……。いや案外ではないな、現に俺以外には常にそれだから、あれだけ人が集まるんだろう。

あの帰り道のときも、まなみをたしなめたのは俺をかばうためだったしな……。

「ちゃんと家庭教師の話を広めてくれてる。ご丁寧《ていねい》に親同士が仲がいいだけって付け加えてな」

「そうだったんだな……」

「アイドルが言うことだし、アイドルや勝利の女神にも悪い虫がついてるわけじゃないって話ならいいだろうと、みんなそれに乗っかって今に至《いた》るってわけだ」

今度家庭教師で行くとき愛沙に手土産《てみやげ》くらいは渡《わた》そうと思った。

おそらく「あんたのためにしたんじゃない」くらいのことは言われそうだが。いやむしろ俺のためでなく変な噂《うわさ》が立つのは愛沙にとっても良くないという理由が大きいとは思うが。

それでもまぁ、助かったことには変わりはないからお礼はしよう。

「にしても、実際のところどうなんだ?」

「なにが?」

「なにが? じゃねえだろ。高西姉妹との仲とか、どっちを狙《ねら》うのかとかだよ」

「どっちもないから安心しろ」

「じゃあ俺が手を出しても良いんだな？」

　そう言われて少し考えた。暁人はモテる。愛沙たちのようなクラスの中心とは少し外れた独自路線を生きてるが、それがマイナスになることもない。

　釣《つ》り合いとしても悪くないのではないだろうか？

「なんかお前、アホなこと考えてるな？」

「いや、いたって真面目《まじめ》に考えてるぞ」

「ダメだな、こりゃ」

　そう言って暁人は自分の席にいつも通り突《つ》っ伏《ぷ》していった。

　まあ後半の話はともかく、もうすこし愛沙のことを考える時間は増やさないといけないと考えるようになった。

「おい暁人」

「あ？」

「次は起きといたほうがいいだろ」

「んー？　あぁ、テストか」

　正確にはテスト返し。

　うちは名前順ではなく教師が好きな順に呼ぶ。暁人はどの教師でも早めに呼ばれていた。

ちなみにこいつはこんな態度でもそれなりの点数を取る。基本的になんでもそつなくこなすタイプだった。

「あーそういや」

「ん？」

晩人がなにか思い出したようにこちらを向く。

「今回のテスト、俺らも勝負しないか？」

「なんでまた……」

「ちょっと付き合ってほしいことがあってな。いいだろ？　お前今回高西との勝負でいつもより自信あるんじゃないのか？」

「それは……まぁそうか。条件は？」

「五教科総合点。負けたほうが一個要求を呑《の》む」

「無茶な要求じゃなければいいぞ」

「よしきた」

元々の成績で晩人と俺はそこまで大きく開きがなかった。今回の自信を考えればまぁ、悪い話ではない。

それに何より、付き合ってほしいところくらいはいくらでも付き合う間柄《あいだがら》だ。勝ったらなんか奢《おご》らせればいいし、負けてもそこまで、損はない。

そんなことよりまなみの結果と愛沙との勝負が気がかりでしょうがなかった。

◇

一通りのテストが返ってきて、いよいよ運命のときとなった。

今日は勉強会以来の久しぶりの高西家。テストで一区切りついたのもあって、お疲《つか》れ様会と称《しょう》してご飯までお世話になることになっている。

「とりあえず、まなみの結果だな」

成績上位者の張り出しは今日だったはずだ。フロアが違《ちが》うので見に行きはしなかったが、まなみに直接確認しよう。

「おじゃましまーす」

「はーい！　あぁ康貴《こうき》くんよねー？　そのまま部屋に行ってあげてー」

インターフォンを押して確認を待たずにドアを開け、それを確認することもなく部屋に通される。セキュリティレベルが致命《ちめい》的に低い気はするがもう慣れたものだった。

勝手知ったる他人の家。返事をしていつもどおり階段を上がると、そこにはいつもと違う光景が広がっていた。

「あ……」

「へ……？」

構造上階段を上って最初に見えるのは愛沙の部屋になる。普段《ふだん》は扉《とびら》を閉めているので壁《かべ》と同じなわけだが、今日に限って扉が開いていた。

そして悪いことというのは重なるもので、愛用のイヤホンを装着していたせいで、俺が家に来たことに気が付かなかった、ということらしい。

「あんた……今日来る予定だったのね……」

「そう、なんだよ……」

緊張《きんちょう》が走る。

問題は愛沙の服装。

扉の向こうの愛沙は、どう見ても下着姿だった。ピンクのリボンがあしらわれた可愛らしいフリルのパンツと、胸元《むなもと》を含《ふく》めて何もかもゆるゆるの肌着《はだぎ》のシャツ。

よく見るとそのシャツの中にブラジャーをつけてる様子もな――。

「で、いつまで見てるの？」

「あ、えっと……ごめん！」

なぜか俺が慌《あわ》ててドアを閉《し》める。普通逆じゃないのか……？

しかし怒《おこ》ってた、よな……？

これこの後の晩飯……めちゃくちゃ怖《こわ》いな……。

「気が重い……」

まあそれでも進まないわけにいかないので、すぐ隣《となり》のまなみの部屋に向かった。こちらは愛沙と逆で、いつもは開け放たれている扉が閉まっていた。

同じ轍《てつ》を踏まぬようノックをしてみるが、返事がない。

「まなみ？」

「康貴……にぃ？」

様子がおかしい。

「入るぞ？」

「……ん」

生気のない声を聞き、返事が聞こえるや否《いな》や部屋に飛び込むように入る。

そこにはクッションを抱《だ》きしめて目を腫《は》らすまなみの姿があった。

「えへへ……見られちゃった」

「何してんだ……」

「ぐすっ……康貴にぃ……ごめんね？」

「なにがだ」

「あのね……頑張《がんば》ったんだけど……ダメだった……ぐす……みたい」

なんとかそれだけを言い切ると、クッションに顔をうずめて肩《かた》を揺《ゆ》らした。

◇

「落ち着いたか？」

「ん……えへへ……」

まなみを慰《なぐさ》めるため「こっちに来て」と言われたり「ちょっと撫《な》でて」と言われるたび言うことを聞き続けていたら、すっぽりあぐらをかいた俺の足の間におさまって丸くなってしまっていた。

「ごめんねぇ……康にぃ……」

「別に謝ることはないけど……悔《くや》しかったんだな」

「うん……」

頭に手を置くとそのまままた抱《かか》えたクッションに顔をうずめる。

「頑張ってたのはちゃんと知ってるから、安心しろ」

「でも……」

「そもそも俺としては無茶振《ぶ》りが飛んでこない分良かったと思うぞ？」

「あはは……」

目標がおかしいくらい高く設定されていたんだ。赤点すれすれをさまよっていた人間がいきなり成績上位者の発表に載《の》るのは普通に考えれば無謀《むぼう》だ。

「で、何位だった？」

「五十四番……」

「すごいな。よく頑張ったじゃんか」

素直に褒《ほ》める。

もともと赤点すれすれをさまよっていたまなみからすれば大躍進《やくしん》。百人抜《ぬ》き以上の偉《い》業《ぎょう》だ。本当によく頑張ったな……。

「でも、約束……」

「別に俺が三十位以内に入れって言ったわけじゃないだろ？」

自分が言いだした目標への進捗《しんちょく》としても、五十四位まで頑張ったなら十分過ぎるほどだ。

「ま、どっちにしても頑張った分のご褒美《ほうび》はあげるつもりだったしな」

「だめだよ……それは」

珍《めずら》しく意固地なまなみ。元々負けず嫌《ぎら》いな性格は愛沙そっくりなので、自分で納得できない部分があるんだろう。

「何でも言うこと聞いてあげるのは無理だったけど、何かしらは勝手にするから」

「勝手に？」

「そう。俺がご褒美をあげたいから、勝手に」

「そっか……勝手になら、仕方ないのかな……」

「仕方ない。まなみは十分頑張ったからな」

「そっか……そっか……」

その後また少しだけクッションに顔をうずめていたが、復活したときにはいつもの天真《てんしん》爛漫《らんまん》なまなみに戻《もど》っていた。少し無理して笑う様子はあったが、次のテストに向けて気合を入れるまなみを見ているとまた次は目標を達成することは間違《まちが》いないだろう。

贔屓目《ひいきめ》もあるかもしれないが、確信を持ってそう思えた。

◇

「康貴。テストの結果は？」

「あ、あぁ……」

まなみの勉強が終わりお疲れ様会のためにリビングへ向かうと、すでにテーブルについていた愛沙に声をかけられた。

どうもさっきのことはなかったことにするつもりのようだ。こちらもありがたくそれに乗らせてもらうことにした。

「私の最低点は八十八。康貴は？」

「相変わらず凄《すご》いな……負けました」

「ふふ。で、何点が最高だったの？」

「八十五だよ」

愛沙との勝負だけを意識するなら、一教科にかけて勉強すればもう少しいけたかもしれない。ただ他の成績を捨ててまで愛沙との勝負にかける度胸は俺にはなかった。

いやそれでも一瞬《いっしゅん》考えたけどな。何でも言うことを聞くという条件が怖すぎて……。

「さて、何してもらおうかなー」

「う……」

楽しそうに笑う愛沙は可愛いんだが、今回に限ってはその笑顔も怖い。

「ま、それはおいおい考えるわね」

「わかったよ……」

「ふふ」

終始楽しそうに笑う愛沙はさっきのことなどまるで頭にないかのようだった。それはそれで安心したが、ここまで何も言ってこないとなるとそれも含めて怖くなってくる……。墓穴を掘《ほ》りたくはないのでこちらから話題を出すわけにもいかず、そうこうしているうちに食事の準備が整っていった。

◇

「で、まなみは何してもらうことにするの？」

食事が始まってしばらくしたところで、愛沙がこう切り出した。

「あー……実は……」

「ダメでした！」

「え……？」

言いづらいかと思って口を挟《はさ》んだ俺を遮《さえぎ》って、明るくまなみが答えた。

「えへへ……ちょっと甘かったみたいで……」

たははーと笑うまなみからは、さっきの様子を知っていても気にした様子は窺《うかが》えないくらいだった。

ただそこはさすが姉妹と言うべきか。愛沙にはしっかり伝わったようで驚《おどろ》いた顔をした後少し悲しそうな顔をして下を向いた。

「そう……」

「ま、また頑張るよ！」

「そうね。でも今回も頑張ったのは間違いないから、康貴、まなみと一緒《いっしょ》に出かけてあげて」

「え？」

突然《とつぜん》の振りに戸惑《とまど》う。

「私が勝った分、それでいいわ」

「えっ！　ダメだよお姉ちゃん！」

「元々康貴に頼《たの》みたいことなんてそんなないし、丁度いいわ」

「もうっ！　だめ。自分のことで使ってください！」

どうしたものかと思うが、もしまなみが出かけることで気分転換《てんかん》になるなら連れて行くのは別に全く問題はない。

「出かけるくらいならわざわざ勝った条件持ち出さなくてもいつでも行くぞ？」

「「え？」」

あれ？　なんで二人とも驚いてんだ？

「康貴にぃはそんな！　誰《だれ》とでもデートに出かけるような人だったの⁉」

「いや待てなんでそうなった」

そもそもどっからデートという単語が出てきた⁉　お前らと俺の関係値で一緒に出かけるのはそう呼ばないだろ。

「そう。康貴は誰とでもいつでも出かける……と」

「愛沙はなんでちょっと機嫌《きげん》悪そうなんだ……。二人に言われればそんなもん、いくらでも付き合うって話だ」

「そ、そう……そうなのね……」

よかった。今回は正解だったようで一気に表情が柔《やわ》らかくなった。

「じゃ、じゃあ康にぃ、私がお願いしたら行ってくれるの？」

「もちろん」

「ほんと？」

「なんで疑うんだ」

むしろ今まで何回一緒に出かけたと思っているんだ。今更《いまさら》何をという話である。

「じゃあとでどこ行くか決めよー！」

まなみは今にも踊《おど》りだしそうなくらい元気になってくれた。よかった。

「康貴……私は？」

「なんだ。愛沙もどっか行きたいところでもあるのか？」

「そうね……丁度いいから、勝った分は荷物持ちでもお願いしようかな」

「ああ、わかった」

それで済むならむしろこちらとしてはめちゃくちゃ助かる。なんなら日頃《ひごろ》のお礼とさっきのお詫《わ》びを考えて、一つくらい買い物に貢献《こうけん》してもいいくらいだ。

「ふふ……うちの娘《むすめ》たち、世話が焼けるけどよろしくね。康貴くん？」

「このくらい別に、なんでもないですよ」

「あらあら」

おばさんも楽しそうに二人の様子を眺《なが》めていた。

まなみの作戦【愛沙《あいさ》視点】

「良かったわね」

康貴《こうき》が帰ってからも、まなみは終始嬉《うれ》しそうにしていた。

「えへへ……うん。でも、ほんとに良いのかなぁ」

まなみはきっと本当に悔《くや》しかったはずだ。たくさん頑張《がんば》ったのを見てきた私としては、この子がこのまま報《むく》われないのは見ていられなかった。

多分だけど、それは康貴も同じだったんだと思う。

「頑張った分は報われるべきよ」

「でもね、康貴にぃ、私が泣いてたの見てすごい励《はげ》ましてくれて……それだけでも十分たくさんしてもらっちゃったのに……」

「たくさん……？」

康貴、家庭教師の時間を使って何をしているのかしら……？

「うん。いつもみたいに頭もポンポンしてくれたし、今日はぎゅってしてくれて」

「ぎゅっ？」

「ん……後ろから、ぎゅって」

「後ろからぎゅっ⁉」

そんなの……。羨《うらや》ましすぎる……。

まなみも恍惚《こうこつ》とした表情で余韻《よいん》に浸《ひた》ってる。ずるい……。

「だからいいのかなって……」

「そうね……ちょっと康貴は甘いかもしれないけど、今回はいいでしょ。そのくらいまなみは頑張ったわ」

「えへへ。お姉ちゃんに褒《ほ》めてもらえたー！」

多少嫉妬《しっと》はしてしまうが、今回は仕方ないと思おう。

羨ましいけど。

羨ましいけどっ！

「で、お姉ちゃんは荷物持ち頼んでたけど、どこに行くの？」

「そうね……適当にぶらぶらしようかなって」

「適当に……大丈夫《だいじょうぶ》？」

大丈夫？　何を言ってるのかしら。

「あの……お姉ちゃん。今日はだいぶ喋《しゃべ》れたとは思うけど、二人きりになったらまた緊《きん》張《ちょう》して冷たくなっちゃったり、しない？」

「う……」

否定しきれない。そうだ。荷物持ち……言葉を濁《にご》したけどこれは間違《まちが》いなくデート……。

あれ？　そう考えると今から緊張してきた。

「今からそれじゃきっと、ろくに何もできずに帰ってくることになっちゃうよ……」

まなみが若干《じゃっかん》呆《あき》れながら言うが、その予想はおそらく正しい。

でもせっかく出掛《でか》けるなら楽しくしたい。どうすれば……。

「目的を決めてさ。しかも次も一緒に遊びに行けたりしたら、どう？」

「それは……いいわね。もちろん」

「ふふ。じゃあ私に一つ、作戦があります！」

「作戦？」

まなみの作戦は頼《たよ》りになる。今回の勝負だってまなみのアイデアだ。しっかり聞こう。

そもそもやっぱり、康貴と二人になってちゃんと喋れる自信はない。

でもせっかくのデートだ。嫌《いや》な思い出にはしたくない……。そうなったらもう、康貴とはそれっきりってことも……ありうるかもしれない。

「お姉ちゃん？　大丈夫？」

「ええ……」

まなみの作戦……。しっかり聞かなくちゃ。

「お姉ちゃん多分、水着のサイズ合わなくなってるでしょ？」

「へ？」

「あれ？　私が見てる限り去年のは入らないよね？」

「そうね……」

なんでバレてるの。

「そりゃだって……毎日見てるから……おっぱい大きくなってるもんね」

面と向かって言われると恥《は》ずかしい。

一方まなみは「私も同じ血が流れてるはずなのに……」と自分で自分の胸を揉《も》み始めた。

「それ、間違っても康貴の前でしちゃダメよ」

「わかってるよー！」

そう言いながらも続けるまなみ。こういうことに関して言えば、まなみは全く信用できない。まあ、康貴の前でやってもあっちもあっちでどう思うのかわからないけど……。さっきも私の着替《きが》えを見て特に反応を示さなかったし……。

「お姉ちゃん？　大丈夫ー？」

「はっ。ええ……大丈夫よ」

意識を戻《もど》す。今はまなみの話に集中しなきゃ。

「で？　水着がどうかしたの？」

「康貴にぃと出掛けるとき、買っておいでよ」

「え……？」

水着を？

「水着。せっかくなら選んでもらって、試着までしてあげたら康貴にぃもドキドキすること間違いなし！」

「ドキドキ……？　してくれるのかな……あいつが」

着替え見ても無反応だったのに……？

「大丈夫！　絶対する！」

「そう……」

想像しただけで胸が高鳴る。康貴が私を見てドキドキする……？

もしそれが本当なら、かんぺきな作戦だ！　さすがまなみ！　私の妹だけあるわ。

「水着を買いに行くってなったらさ、多分康貴にぃは聞いてくるの。誰かと一緒に行くのか？　って」

その光景が浮《う》かぶ。浮かんで想像して、今からドキドキしてきちゃう……。

「確かに……」

「そこでお姉ちゃんがこう言うの。『予定はないけど、誘《さそ》われたら行くわね』」

「そのくらいなら私もできるわね……」

まなみが真似《まね》た私はそっくりすぎてすんなりイメージが湧《わ》いた。

「そしたら康貴にぃが誘ってくれるよ」

そのイメージは湧かない。

「大丈夫。そこは私に任せて！」

「そう……？」

まなみが言うなら信じてみようかな……。

「あれ？　でもそうなると次水着であいつと会うの？」

「試着を見せるんだから今更でしょ！」

「それはそうだけど……！」

なんなら今日下着まで見られてしまったけれど……。

思い出すだけで私の方は今でも顔から火が出るほど恥ずかしい。今日来るのを知っていたのに油断していた私のミスだから何も言えなかったけれど……。

だらしない格好を見て愛想をつかされていないか心配だったが、それは大丈夫だったので恥ずかしさは後回しになっていたのかもしれない。

まなみが疑問符《ぎもんふ》を浮かべる中、今更《いまさら》恥ずかしさで転げ回りたくなっていた。

「最後のゴールが決まってたらお姉ちゃんも、まあ買い物くらいは大丈夫だよね？」

「そうね……」

それまではあくまで荷物持ちと割り切ればいい。最後だけなんとか頑張れば、次も遊べる。

「ふふ。楽しそう。お姉ちゃん」

本当に良い妹を持ったなと、改めて実感する。

水着を買って康貴から誘われるのを待つなら、それなら……。

「頑張ってね、お姉ちゃん」

「うん……」

まなみには何かしっかり、お礼をしてあげなきゃね。

「でね……その仕込みも含《ふく》めて、デートは私が先になっちゃうけど……」

申し訳無さそうにまなみが言う。

「何を気にしてるのよ……」

「いいの?」

「いいわよ。しっかり楽しんできなさい」

「わーい!」

私ばかりが助けられるのもフェアじゃないと、ちょうどそう思っていたくらいだ。

まなみとデート

なんか知らないが愛沙《あいさ》にやたら急《せ》かされてまなみと出掛ける日になった。

どこかへ連れて行くとは言ったがどこに連れて行くという話はないまま今日に至《いた》る。大丈夫だろうか……。

まあ、まなみはどこでも遊びに行ければいいらしいのでとりあえず駅に出てきて勢いのままに遊ぶことになった。

駅についてすぐ目に入った複合型のアミューズメント施設《しせつ》に入ったのだが……。

「康《こう》にぃ！　こっち！　次はあれ！」

「わかった……ちょっと休ませてくれ」

入場さえすればスポーツ施設にダーツやらカラオケやらまでなんでも揃《そろ》った総合施設。

この選択《せんたく》は正解だったらしく、終始まなみははしゃぎっぱなしだ。

俺の体力的に正解だったかどうかは怪《あや》しいが。

「もう！　時間は有限なんだよ！　康にぃ！」

「いや、若さが違う」

「一個しか違わないでしょ！　ほら！　行こ行こー！」

まなみと愛沙を比べると、一個の違いは大きいように感じる。

手を引かれて結局一通りの遊びに付き合う。

ボウリングに行き、ダーツに行き、ビリヤードをやってみて、二人しかいないのにサッカーをやり、テニスにキャッチボールに……と、ひたすら身体《からだ》を動かした。

その全てで勝負を挑《いど》まれて受けていたんだが、ハンデなどつける余裕《よゆう》はなかった。本気でやっても一つ下の少女には歯が立たないことすらあった。

「さすがだな……勝利の女神」

「にゃははー。勝利の女神は照れるなぁ」

一通り遊び尽《つ》くした俺たちは、ゲームセンターコーナーに来て休憩《きゅうけい》がてらクレーンゲームの冷やかしをしながら話をしていた。

何をしてても楽しそうに笑うまなみは可愛い妹という感じで、なんかこう、庇護《ひご》欲を掻《か》き立てられる。

「まなみは可愛いな」

「うぇっ⁉」

つい口に出したら思いの外まなみに動揺《どうよう》が走っていた。

「突然《とつぜん》過ぎるよ！　康にぃ！」

顔を赤くしてバシバシ腕《うで》を叩《たた》いてくる。そんなに痛くな――

「いや痛いわ！　加減しろ！」

「あっ、ごめんごめん」

そのまま叩いてた手でさすさす腕を撫《な》で始める。それはくすぐったいからやめて欲しい。

何が楽しいのかまなみはそのまま俺の身体をペタペタ触《さわ》りだす。

「康にぃ、意外と筋肉ある……？」

「男はこんなもんだろ」

「ふーん」

ぺたぺた……。

さすがにそろそろ人目を気にしてほしいと声をかけようとしたところで、そんなときに限って知り合いが現れた。俺のではなく、まなみのだが。

「あれ……？　高西《たかにし》……？」

「おー！　やっほやっほ！」

どうもまなみの同級生たちの様子だ。クレーンゲームの前で騒《さわ》いでいたから目立ったのかもしれない。

まなみの同級生である後輩《こうはい》男子たちがチラチラと俺とまなみを見比べる。

「そっちの人って……もしかして……」

「ふふー。何に見えるー？」

「何ってそりゃ……えっと……」

「彼氏……とか？」

こちらの様子を窺《うかが》いながらまなみと話す後輩たち。なんか品定めされているようで居心《いご》地《ち》が悪い。

まなみも同級生の中じゃアイドル的存在だろう。むしろ姉より愛想がいい分、人気は高いかもしれない。いや愛沙も俺以外には愛想もいいか……。

「……」

目が合うと無言で挨拶《あいさつ》するように頭を下げる後輩たち。

同級生にとって憧《あこが》れの存在であるまなみがどんなやつと付き合ってるのかと思えば、別に大したことないやつだったので引っかかりを覚えている、という状況《じょうきょう》だろうか。付き合ってるわけじゃないけれど。

「だって！　康にぃ！　彼氏だって彼氏！」

なぜかテンションが上がったまなみがまたバシバシ腕を叩いてくる。

「だから痛いっての！」

「ふふー」

聞いちゃいなかった。

「ま、残念ながら彼氏じゃないんだなぁ〜」

「コウニィってことは……歳上の？」

「そだよ。お姉ちゃんの彼氏」

「えっ⁉」

「は？」

まなみの言葉に驚《おどろ》いたのは後輩たちより俺の方だった。

「それは冗談《じょうだん》でー、えっとね、私の先生で、お姉ちゃんの……友達？　以上恋人《こいびと》未満のような？」

「知り合い以上友達未満じゃないか？」

「もー。それお姉ちゃんが聞いたら怒《おこ》るよー？」

むしろ友達以上恋人未満とか言った日にはどんな恐《おそ》ろしい仕打ちが待っているかわからないと思うんだが……。

「まぁとにかく、高西の彼氏さんじゃないってことか」

後輩グループの半分くらいはどこか安心したような表情を見せていた。人気だなぁ、まなみ。

「そだねー」

「そっかそっか。まだ遊ぶの？　もしよかったら――」

勢いづいたのかまなみを誘《さそ》おうとしたところで、それを察したまなみが断るためというにはやりすぎな手段に出た。

「まだ彼氏ではないんだけど、私は付き合って欲しいと思ってるんだよねー！」

そう言って俺の腕に抱《だ》きついて来る。

おいやめろ。勘違《かんちが》いされるしなんか絶望的な表情になってるやつもいるだろ。

「馬鹿《ばか》なこと言うな」

そう言ってくっついて来たまなみを小突《こづ》いて離《はな》れさせた。

「ただ悪い。今日はまだ遊ぶ予定だったし、最後もちゃんと送り返すから、また誘ってやってくれ」

「あ……えーっと……はい……すみません」

「もー！　康にぃ！　振《ふ》りほどかないでもいいじゃん！」

「はいはい。ごめんな」

「聞いてないし！　あ！　じゃあまた学校でね！　ばいばーい！」

その場を立ち去る俺にじゃれ付きながら、後ろ向きに手をぶんぶん振るまなみ。

「危ないから前見て歩け」

「あっ……ふふ……はーい」

手を引いてやると大人しくなって付いてくる。

後輩たちは呆然《ぼうぜん》と彼らにとっての学年のアイドルを見送っていた。

彼らにはあとでまなみからしっかりフォローを入れるよう言い聞かせる必要があるなと思いながら、また当てもなく二人で歩き始めた。

デート報告会【まなみ視点】

「で、どうだったの？」

帰ってくるなりお姉ちゃんに捕《つか》まった。

「落ち着いて、お姉ちゃん」

ゆっくりする間もなく部屋に連れて行かれる。気持ちはわかるし私もそうすると思うからまあ、仕方ないかー。

それにお姉ちゃんはもう一つ気になることがあるしね。

「ごめん……で、えっと……」

「大丈夫《だいじょうぶ》だよ。お姉ちゃんに誘われたらちゃんと言うように、念を入れて言い聞かせたから」

「そっか……」

「あとはお姉ちゃんが頑張《がんば》るだけだー！」

「うん……」

水着を買ったときにちゃんと康貴《こうき》にぃから誘ってもらえるように段取りをつけた。

「って、そうじゃなくて！　まなみは楽しめたの？」

「えへへー。それはもう、もちろん！」

「そう……よかった」

そう言って息を吐《つ》くお姉ちゃんは、妹の私でもドキッとするほどきれいでちょっと見惚《みと》れてしまう。

多分、お姉ちゃんは私と康貴にぃがくっついたら、ショックは受けると思う。それでも、それ以上に私が楽しそうにしているのを喜んでくれるし、だから多分、もしそうなってもなんだかんだ言いながら祝ってはくれるんだろうなって思う。私がそうだから、お姉ちゃんもそうならいいなってだけだけど。

そのあたり、複雑だなぁと思う。お互《たが》い……。

「でもね、ちょっと気をつけたほうが良いかも」

「気をつける……？」

「うん。今日ね、クラスの子にあったんだけどさ」

「クラスのって……まなみの？」

「うん」

男子と会ったときのことは今思い出してもちょっとドキドキする。多分やりすぎたけど、康貴にぃは許してくれたし。

「でね、立て続けに女の子たちにも会ったんだけど」

「なんとなくわかったわ……」

さすがお姉ちゃん。

あのときのことをちょっと振り返って説明する。

◇

「わぁ！　まなみ、お兄ちゃんいたのー？」

「えー！　お姉ちゃんだけだと思ってた！」

どうやら男子と違《ちが》って私たちはカップルには見えなかったらしい。ぐぬぬ……。

「違うよー！　家庭教師のせんせーなんだー！」

「えー！　じゃあ歳上のお兄さんとデート？　やるー！」

「まあねー」

ちょっとアピールできたから良しとしよう。

康貴にぃは微妙《びみょう》な顔してるけど。

「あれ？　よく見たら先輩《せんぱい》じゃ……？」

「あ！　ほんとだ！　じゃああれかー。お姉ちゃんもいるのー？」

「いないよっ！　今日は私とデートなの！」

牽制《けんせい》も込めて康貴にぃに腕《うで》を絡《から》ませる。

「えー、先輩あんな綺麗《きれい》なお姉さんがいるのに、まなみでいいのー？」

「失礼なっ！」

ぐぬぬ……！　確かにお姉ちゃんは綺麗だけど！　私だって悪くない……はず……だもん！

「あはは。冗談だってー。まなみ怒らせると後で仕返しされそうで怖《こわ》いからこのくらいにして……」

「ほんとだよ！　学校で覚えといて！」

「はいはーい」

いつもこうやってからかわれて、やり返して、なんだかんだで良い友達だと思ってる。

「で、お兄さん。まなみで良いなら私はダメ？」

「へ……？」

別の子が私が絡めてた腕の反対側の腕に抱きついた。

「え！　ずるーい。私もどうですかー？」

調子に乗ってもう一人くっつこうとしてる！　ダメダメ！　康貴にぃは私の……じゃなかったとしてもせめてお姉ちゃんのなのに！

「あはは……あんまからかわないでやってくれ」

そう言って康貴にぃは寄ってきていた友達の腕をするりと抜《ぬ》けて、ポンポン頭を撫《な》でてなだめていた。

歳上の余裕《よゆう》を見せつけられた気がする……。あ、これダメだ。ちょっと顔が赤くなってるじゃん！　あの子たち！

多分私をからかうだけだったのに思わぬ反撃《はんげき》を受けてる。誰《だれ》も喜ばない形で。

「そ、そうだよ！　今日は私とのデートなんだからあげません！」

ぎゅっと、もう片腕も持ってかれないように全身に抱きついて守った。

「ふふ……まなみかわいーー！」

「そうだね。今日はまなみのものだもんね。またゆっくり話聞かせてねー！」

「お兄さん、お姉さんも良いけどまなみも可愛い子だから、よろしくお願いしますね！」

「あ、でも私たちもデートのお誘い待ってまーす！」

言いたいことだけ言って嵐《あらし》のように去っていく友達たち。

思わずぎゅっと康貴にぃを抱きしめていたことに気づいて慌《あわ》てて離れたが、康貴にぃは気にする様子もなかった。

「仲が良さそうでよかったよ」

「むー」

「なんだよ」

余裕綽々《しゃくしゃく》の康貴にぃにちょっとムカついて、少し強めに腕を組んでデートの続きをした。

康貴にぃはそれでも柔《やわ》らかく笑って、いつもみたいに頭をポンポン撫でてくれていた。

◇

「ということがありまして……」

康貴にぃ、お姉ちゃんの話によるとクラスじゃ目立たないらしいけど、顔も悪くないし、なにより歳下の扱《あつか》いがうますぎる……！　多分、私の相手に慣れすぎてるせいだけど……。

なんとなくお姉ちゃんと話すときと違って余裕が見えて、それが歳上のお兄さんらしさになって魅力《みりょく》的に見えてしまう。

「このままだと年下キラーとして一年生の間で人気になっちゃ……お姉ちゃん？」

そこまで言ったところでお姉ちゃんの様子がおかしいことに気づく。

「羨《うらや》ましい羨ましい羨ましい……」

「ちょっと！　お姉ちゃん⁉」

「はっ！　ごめん。えっと……なんだったかしら」

康貴にぃとくっつくどころかまともに話すらできてないお姉ちゃんには刺激《しげき》が強すぎたかもしれない。

またこうなられても困るので今日はもうこの話はおしまいにしよう！

「そうだ！　お姉ちゃんはいつデートするの！」

「え？　えーと……そうね……」

お姉ちゃんのデートのアドバイスに強引《ごういん》に話題を逸《そ》らしてことなきを得る。

うん。この辺はお姉ちゃんがもうちょっと進んでからにしよう。

「先が思いやられるなぁ……」

愛沙《あいさ》とデート

駅前の謎《なぞ》のモニュメント、立体歩道橋の上に突《つ》き抜けるようにかかった赤い橋を見上げる。

うだるような暑さだった。もちろんその橋は鳥以外が使うこともなく俺たちを見下ろしている。

待ち合わせは駅前と言っていたので少しくらい合流に手間取るかと思ってたんだが……。

「なによ……」

愛沙はすぐに見つかった。

「もうちょい涼《すず》しいところにいろよ」

少し歩けば駅とつながるデパートもあるのだからこんなところにいないでも……。

ここだと、人の往来が激しすぎて愛沙は非常に目立つ。いやまぁ、それは駅の方に行っても悪化するだけか……。美人も大変だな。

白地に水色があしらわれた涼《すず》し気なワンピースに、こちらも水色のリボンが目立つ麦わら帽《ぼう》をかぶった愛沙。俺も知り合いじゃなかったらどこかの芸能人かと思ってちらちら様子を窺《うかが》っていたかもしれない。実際今も居心地《いごこち》悪い視線が突き刺《さ》さっていた。

こんな可愛い子の相手がどんな奴《やつ》かと見ていれば俺みたいなやつが来たわけだからな……。

「お、おう」

「行くわよ」

突然《とつぜん》手を取られて引っ張られるように駅ビルのデパートへ歩き出す愛沙。ちょっとざわめいた。

「ふんっ」

愛沙も視線が気になっていたのか、俺の居心地の悪さを察してくれたのか。

手をつないで歩く姿を見てさすがに声をかけようとしていた男も退《さ》がってくれたので助かった。が、これ……万が一クラスの奴らとかに見られたらなぁ……。

「なに？」

「いや……似合ってるな。それ」

「なっ……」

ま、いいか。今日は愛沙のために尽《つ》くすと決めたんだ。

なんでも言うことを聞くという恐《おそ》ろしい罰《ばつ》ゲームが、たった一日の荷物持ちで終わると

いうなら安いものだった。

◇

そう思っていた時期が俺にもありました……。

「女の子の買い物は長いからねー？」とまなみに言われてはいたが、まさかこれほどとは思わなかった。

幸い駅の周囲にデパートが集中しているおかげでそんなに移動はないが、俺の目には大した差に見えない細かいこだわりのために同じような店を行ったり来たりしている。

そうこうしている内にも気づいたら荷物は増え、そろそろ片手では持ちきれなくなったところだった。

「ねえ！　聞いてる？　どっちが良いかって……」

「あぁ、ごめん」

ついぼーっとしてしまっていた。

夏物の服を身体《からだ》に当てて聞いてくる愛沙。ちょっと不機嫌《ふきげん》そうになっても今日はトータルで機嫌がいいので表情は柔らかい。

そしてそうなると……。

「えーっと……どっちも可愛い」

「……もうっ！　康貴《こうき》がそればっかりだから決まらないんだからねっ」

基本的には本心というか、正直愛沙くらいになるともはや何を着ていても似合ってしまうのだ。それが仮にいつもと違《ちが》う服装でも意外性があって良しになる。結果、決めきれない。

まなみから素直に褒《ほ》めつつちゃんと意見を言うこととアドバイスは貰《もら》っていたが、これは予想外だった。ちゃんとした意見が役に立たない。

「で、結局どっちも買ったのか」

「だって……しょうがないじゃん……決まらなかったし」

この調子で迷った挙句荷物が増えるということが繰《く》り返されていた。

「さて！　じゃあ次は」

楽しそうにする愛沙をじっと見つめていたら、何か勘違《かんちが》いしたらしくシュンとなって声をかけてきた。

「あ、疲《つか》れたよね？　ごめんね？」

「いや、そんなことは……」

「ぼーっとしちゃってたし……やっぱりもう今日は……」

そこでまたまなみの言葉を思い出す。

「今日は素直に褒めてあげること！　可愛かったら可愛いって言うし、見惚《みと》れちゃったら見惚れたって言う！」

「いや……それ機嫌損《そこ》ねないか……？」

「褒められて嫌《いや》な気持ちになるはずないでしょ！　万が一お姉ちゃんが怒《おこ》ったりしたら私がなんとかしてあげるから！」

◆

「見惚れてただけだ。ほら、次はどこだ？」

「やっぱり見惚れて……えっ？」

そんなに反応されると恥《は》ずかしくなるからやめて欲しい。

「見惚れ……？」

「早く行くぞ」

「わっ！　ちょっと引っ張んないで！　それに康貴どこ行くかもわかってないでしょ！」

照れ隠《かく》しで手を引っ張ってデパートを当てもなく歩き出すと、最初は抵抗《ていこう》した愛沙も大人しくなる。いつもの調子はすっかりなりを潜《ひそ》め、うつむきながら「あっち」と「こっち」だけで目的地に誘導《ゆうどう》し始める。

大人しく後ろをついてくる愛沙は少し、昔を思い出させた。

◇

愛沙の誘導に従いたどり着いた場所は、まぁちょっと入りにくい場所だった。

「ここか……」

「うん……」

「じゃあ俺は外にいるから……」

「待って」

下がろうとしたが腕《うで》を取られて逃《に》げ場をなくされる。

「今日は一日、付き合う約束」

顔を背《そむ》けてこちらを見ずに言う愛沙も顔が真っ赤だった。それもそうだろう。俺はいまこの場にいるだけで恥ずかしいし、愛沙だって俺とここにいたらそうなる。

「水着は……康貴に選んで欲しいから」

よりによって最後の目的地は水着ショップだった。

なんでまた……。と思うが、その理由はまなみから聞いていた。着いてから思い出した……。

「なるべく頑張《がんば》る……」

「ん……」

水着ショップに足を踏《ふ》み入れたのはいいが、口数も少なくなり気まずい。

それでも俺が逃げないように必死なのか、愛沙は俺の服の裾《すそ》を持って離《はな》さなかった。

「えっと……別に逃げないから……」

「ん……」

答えはするが離さない愛沙。もういいか、諦《あきら》めよう。

「ただ悪い。これをじっくり見て選ぶのは……」

そう言うとそれまでうつむいてた顔をピョンと愛沙が起こした。

「そ、そうよね！　ちょっと候補を……」

そう言って水着を物色し始める愛沙。小さく「これ……サイズバレちゃう……」とか言ってる。勘弁《かんべん》して欲しい。

俺も一応、何かないかと辺りを見渡《みわた》してふと一着の水着が目にとまる。

「あ」

「ん？」

今日の服と同じ水色に、夏物では珍《めずら》しく桜の模様が軽く入った綺麗《きれい》な水着を見つける。

「これ？」

愛沙が俺の目線を追って水着を手に取った。

「サイズは……あった！　試着する！」

止める間もなく店員に声をかけて試着室に入る愛沙。

待ってる間店員さんに「可愛い彼女さんですね！」と声をかけられて気まずかった。否定してもドツボにはまると思い黙《だま》って下を向くと、楽しそうに笑って店員はどこかへ消えてくれた。

ほどなくして、いや無限にも思える時間を経て、愛沙が出てくる気配があった。ここでしっかり褒めること、というのがまなみから与《あた》えられたミッションだ。

気合を入れ直して構えていたが、出てきた愛沙は元の私服姿だった。

「あれ？」

水着姿を期待していないといえば嘘《うそ》になる。完全に拍子《ひょうし》抜《ぬ》けだった。なにか悔《くや》しさにも似た喪失《そうしつ》感を覚える……。

「ふふ……。がっかりしなくても買うから」

「いや、そうじゃないけど」

慌《あわ》てて否定するが柔《やわ》らかく微笑《ほほえ》む愛沙の前には無意味だった。

「でもほんとにそれで良かったのか？」

パッと目に付いただけでそんなにこだわりを持っていたわけじゃない。

「康貴が選んだから、これでいい」

胸元《むなもと》に水着をかき寄せて伏《ふ》し目がちに言う愛沙にドキッとさせられる。

「そっか」

かろうじてそれだけ答える。

「見られなくて残念ね？」

楽しそうに笑う様子を見ると、このあたりはまなみと姉妹なんだなぁと思う。

そして追い討《う》ちをかけられた。

「見たかったらどうすればいいかは、聞いたんでしょ？」

耳元で俺にだけ聞こえるように囁《ささや》いた小悪魔《こあくま》は、そのままレジに向かっていった。

言った本人が俺より顔を真っ赤にしていたけど……。

「……頑張るか」

戻《もど》ったらなんて声をかけるか、まなみのアドバイスを必死に思い出しながら愛沙を待った。

暁人《あきと》との賭《か》け

「なぁ、康貴《こうき》さんよ」

「なんだ……？」

　暁人がニタニタしながら声をかけてきた時点で嫌な予感がする。

「テストも終わってあとは夏休みを待つばかりだが、お前ちゃんと高西《たかにし》さんと夏休みに予定入れてんのか？」

　何を言ってるんだろう……。

「その顔だと何もないってわけじゃなさそうだな」

　なんでバレたんだ……。

「ま、でもろくに進展してないのもわかったわ」

「進展もなにも、なぁ」

　愛沙《あいさ》との仲は確かにただ怖《こわ》がる相手というわけではなくなったが、だからといってそれ以上なにか変わるわけではない。

　そもそもが幼馴染《おさななじみ》なんだ。元に戻ることはあっても進展もなにもないだろう。

「駅前での目撃《もくげき》情報の件は？」

「は？」

「まさかあんな目立つ場所に出かけておいて誰《だれ》にもバレないと思ったのか？」

それはまぁ、誰かに見られるかなとは思ったけど。

「まあただの荷物持ちだったっていう希望的観測がほとんどだから表立って噂《うわさ》にはなってないけどな」

「その通りだからな」

荷物持ち以上でも以下でもない、だろう。愛沙が機嫌《きげん》よくしていたのも俺相手だから意外に見えただけで、今もクラスメイトに囲まれてる愛沙は笑顔で話している。

買い物が楽しかっただけ。そう自分に言い聞かせる。

「はぁ……」

「なんだよ」

「いや、重症《じゆうしよう》だなと思ってな」

余計なお世話だ。

「さて、例の件、覚えてるな？」

「……」

覚えているもなにも愛沙との約束より恐《おそ》ろしかったのがこれだ。

「お前、今回だけまともに勉強してるのは卑怯《ひきょう》だろ」

「勉強に卑怯もなにもあるか。実力だ」

うまく口車に乗せられて受けた暁人との勝負。暁人もいつも通りの点数で来ると信じていたが、こいつは普段《ふだん》やらないだけでちゃんとやれば相当頭がいい。知っていたはずなのにこのタイミングでやる気を出すとは思わなかった……。

そしてわざわざ勝負してきたということは、付き合って欲しい何かもろくなものじゃないと気づいた時にはもう後の祭りだった。

「で、なにが望みだ？」

「いやなに、ちょっと数合わせに付き合って欲しいんだよ」

「数合わせ？」

「向こうが二人組なもんで、こっちもあと一人男が欲しかったんだ」

◇

「で、今日俺はどこに連れて行かれるんだ」

「人聞きが悪い。普通に遊びに行くだけだ」

晩人の人となりはある程度信用しているが、こと女性絡《がら》みにおいては逆の意味の信用が厚い。

「お前もいるんだから変なとこには行かねえよ。普通にボウリングやらカラオケやら健全な遊びだ」

「健全じゃないことは……いややめよう何も言うまい」

「そうしろ。まあ今日の二人は可愛いからお前も楽しめばいいさ」

「もっとも、高西姉妹に慣れてるお前じゃ満足できんだろうけど」と付け加えられてなんとも言えなくなった。

そりゃあの二人と比べるのは酷《こく》だろう。

「やっほー、暁人くん」

「ごめんねー、待たせた？」

「いや、ちょうど俺らも今着いたとこ。で、こっちが康貴、よろしく」

暁人の紹介《しょうかい》を受け頭を下げる。

片方は金髪《きんぱつ》巻き髪《がみ》でタンクトップのラフな格好。亜美《あみ》さんというらしい。ちょっと苦手な感じだ。

もう一方の女の人は黒髪ロングの正統派美女という感じだった。こっちは栞《しおり》さん。ワンピースごしにスタイルの良さ、というかいっそ暴力的な武器が見え隠《かく》れしていたが。こっちは仲良くなれるかもしれない。

「お前のその女を見る目のなさ、高西姉妹以外に手ぇ出すなら俺が一度教え直すから言え」

俺にだけ聞こえるように言った暁人の声は割と真剣《しんけん》だった。

◇

その後すぐに遊び始めたが、カラオケやボウリングのようにやることが決まっていればまあそんなに困ることもなく打ち解けた。

「お前意外となんでもできるな」

「まなみの相手に連れ回されたからな……」

「あー、贅沢《ぜいたく》なこった」

なんだかんだ楽しく遊べた気がする。黒髪の方の栞さんに事あるごとに身体《からだ》を触《さわ》られるのには戸惑《とまど》ったが。

「さて、そろそろ」

「えー、もう帰っちゃうの？」

晩人が切り出すと名残惜《なごりお》しそうに晩人の腕《うで》に抱《だ》きつく栞さん。ここに来てなんとなく晩人の言っていた意味がわかってきた。

「また今度。と思ったけど、俺だけでいいなら残れるよ？」

晩人が目配せしてくる。俺がもう疲《つか》れたのを察してくれてたわけだ。

「えー、康貴くんは帰っちゃうの？」

「うっ……」

晩人の腕を離《はな》しそのままこちらにしなだれかかってくる栞さん。助け舟《ぶね》を出してくれたのは一見ギャルにしか見えない亜美さんだった。

「まーまー、晩人くんが相手してくれるならいいじゃん」

「んー、ま、そっかぁ。康貴くん！　また遊ぼーねー！」

亜美さんに引っ張られるように離れていく栞さん。助かった。

帰り際《ぎわ》、晩人がまた俺にだけ聞こえる声で囁いた。

「高西姉妹がいかにいい女か、ちょっとはわかったか？」

返事は聞かずに二人組のほうに駆《か》け寄る晩人。

残された俺は一人でその言葉の意味を考えるしかなかった。

まなみからの電話

『お姉ちゃんがヤバいからなんとかして』

まなみから突然《とつぜん》メッセージが飛んでくる。

『何がヤバいんだ』

『デートに誘《さそ》ってあげて』

『いやなんで……』

『デートに誘ってあげて』

以降、それしか来なかった。

で、どうしていいか迷っていると電話が来た。

「あ、まなみか。あれどういう」

「康貴《こうき》にぃが悪いです」

話をする気がまるでなかった。

「えーっと……」

「康貴にぃが悪いのでお姉ちゃんとデートに行って、私にもなんかしてください」

「なんで……」

「自分の胸に……いや康貴にぃにそれ言っても気づくはずないか……」

電話口でやたら大きくため息をつかれている。俺が何をしたっていうんだ……。

「綺麗《きれい》なお姉さんに抱きつかれて鼻の下を伸《の》ばしてましたね」

「え……？」

否定したいが一部事実なので否定しきれない。多分暁人《あきと》と遊びに行ったあれだ。

「えーっと……」

「いや、多分なんか事情があるのはわかるんだけど、私は康貴にぃがお姉ちゃんと私以外の女の子と仲良くしてるのは嫌《いや》なの！」

「お、おう……」

なんだろう。独占欲《どくせん》か。兄と姉を取られたくない的な……？

「というわけで、お姉ちゃんとデートに行って私にも何かしてください」

「なんで……」

「してください」

「おう……」

愛沙《あいさ》がなんで出てくるのかよくわからなかったが、まあ俺が鼻の下を伸ばしてると感じたなら、そういうときに怒《おこ》ることは昔からあったからそういうことなんだろう。あとはまなみを怒らせたからとかかもしれない。その方が強いか。なんだかんだまなみに甘いし。

愛沙とデートに、と言ってるがきっと荷物持ちだな。

「お姉ちゃんとプールの約束はしたんだよね？」

「あぁ、したした」

あの日ちゃんと約束は守った。

「よし！　じゃあさ、海に行こう」

「海……？」

「お姉ちゃんの水着、何回でも見たくない……？」

「それは……」

見たくないと言えば嘘《うそ》になる。

「ふふ。海は荷物がかさむから二人で行くよりいいんだよね。うん、そうしよう！」

「そうしようって」

「じゃ、日にち決めたら連絡《れんらく》するねー！」

「おい」

言いたいことだけ言って切られる。

どうしろっていうんだ……。いやまぁ、連絡を待つしかないか。

「しかし、愛沙があれで機嫌が悪くなる……のか？」

ちょっと期待してしまいそうになる一方、普段の行いを考えてその発想は頭の奥の方へ追いやる。

以前のような関係に戻《もど》れたら楽しいと思ってるのが俺だけなのか、愛沙もなのかはよくわからない。ただ二人で出かけた日以降、なんとなく態度が柔《やわ》らかくなってくれたのはありがたかった。

「海か……」

多分日程的に愛沙とのプールが先になるが、まなみもとなるとこれは……。

「バレたら刺《さ》されても文句が言えない」

いや、実際に刺されれば文句は言うというかそれどころではないが、ここ最近二人の人気は身にしみてわかってきている。学園を代表する美少女姉妹の二人と荷物持ちとはいえ一緒に海に行って水着姿を拝めるとなったら……やめよう、考えるのは。

現実から目を背《そむ》けるように、俺は近隣《きんりん》の海水浴場の情報を調べ始めた。

どうせ行くなら二人が楽しめるように頑張《がんば》ろう。

プールデート

水着を買った日に約束をした愛沙《あいさ》とプールに行く日。俺はなぜか集合場所ではなく高西《たかにし》家にやってきていた。

「お姉ちゃんをよろしくね！」

「はいはい」

愛沙とは駅で待ち合わせの予定だったが、まなみから連絡が来て急遽《きゆうきよ》家まで迎《むか》えに来たのだ。

「ほら！　お姉ちゃんも早く！」

「……わかってるわよ……」

どうも当日になって愛沙が尻込《しりご》みしたらしい。気持ちはわかる。

荷物持ちとは違《ちが》って、今日のこれはまぁ、普通《ふつう》にデートと言える……と思う。俺だって
まなみに呼ばれて助かったと思ったくらいだ。

愛沙はまだ踏《ふ》ん切りがつかないらしく、玄関《げんかん》でまなみの陰《かげ》に隠れて出てくる気配がない。

「ねぇ、やっぱりまなみも来ない？」

「何言ってんの！　私が一緒《いっしょ》に行くのは海！　今日はお姉ちゃんと康貴《こうき》にぃだけでデートです！」

「デート……」

愛沙がつぶやいて顔を赤らめる。

俺も釣《つ》られるからやめてほしい。

「ほら！　早く行かないと時間がもったいないでしょ！」

トンッと軽く押し出されるように愛沙が玄関を越《こ》えてくる。

一部始終を眺《なが》めていた俺と目が合うと、いつもの鋭《するど》い目つきで俺を睨《にら》みつけてきた。

「……なによ」

「いや……」

顔が赤いせいで怖《こわ》さがないのと、愛沙がこれだと、俺の方に少し余裕《よゆう》が出てきた気がする。

「いくか」

「ん……」

元気に手をふるまなみに見送られて、不安な一日が始まりをつげた。

◇

電車とバスを乗り継《つ》いで一時間ちょっと。

郊外《こうがい》の大型レジャー施設《しせつ》である大型のプール。この時期は室内・室外両対応で、一日中いても遊び甲斐《がい》のある場所になっていた。

「チケットは？」

「あるよ」

移動中、少ないながらも会話があったおかげでぎこちないながら必要な会話はこなせるようになっている。ただまぁ、最低限の会話しか生まれていないが。

「じゃ、待ち合わせはあそこで」

「ん……」

それだけ言ってそれぞれ更衣《こうい》室へ入っていった。

「しかし……大丈夫《だいじょうぶ》か？　今日……」

愛沙との会話はまなみありきでなりたっていたことが本当によくわかる。

前回はなんだかんだ、お互《たが》いがまなみの助言を受けていたおかげで全体がスムーズに進行していただけだ。少なくとも俺は今日、前回のような流れをすべて網羅《もうら》したアドバイスは受けていない。愛沙の様子を見るにあちらもそうなんだろう。

「先が思いやられるな……」

言ってもしょうがないか。男の着替《きが》えはあっさり終わるので、俺が浮《う》き輪係になった。

結局トータルでどちらが早く待ち合わせ場所に行けるかわからないくらいになりそうだな。

浮き輪の自動空気入れの混雑具合を見て、諦《あきら》めて自力で空気を入れることにする。

「……もうしんどい……」

外に出る前から汗《あせ》だくになりながら、なんとか浮き輪一つふくらませきって、ようやくプールの方へ足を踏み入れられた。

消毒の足場を通り、汗をかいた身体《からだ》にちょうどよいシャワーを浴びて少し回復する。

「この分だと愛沙の方が早そうだな……」

思いの外苦戦させられた浮き輪を睨みつけながら、待ち合わせ場所へ向かって歩き始めた。

◇

「愛沙は……あれか……」

待ち合わせ場所は砂浜《すなはま》をモチーフにしたという謎《なぞ》にこだわりを感じる波のプール。

休憩《きゅうけい》時間で人がはけているはずなのに、その一角だけ妙《みょう》に人が集まっているのでよくわかった。

「あい――」

近づいて声をかけようとしたところで様子がおかしいことに気づく。

「なぁなぁ、一人ならさ、俺らと遊ぼうよ」

「せっかく来たんだからちょっとは弾《はじ》けなきゃ！」

日焼けした筋肉質な男二人組に声をかけられておろおろする愛沙。なんというか、あんなナンパらしいナンパって初めて見たな……。

「えっと……人を待ってるから」

「まぁまぁ、男のほうが着替えが遅《おそ》いなんてありえないっしょ？」

「来てないってことは向こうもどっかでイイコトしてるって」

「嘘……」

おい。なんでナンパの言葉を真に受けて死んだ目になってるんだ。お前の俺への信用低すぎるだろ。

そもそも普段俺に向けるくらいの目を向ければ、ナンパくらいなんともない気がするんだけどなぁ……。

「ほら、行こうって」

「ちょ、ちょっと！　いや！」

男たちが手を伸《の》ばしたところでようやく人混みをかき分けられて声を上げた。

「お待たせ！」

「康貴！」

思わずこちらがドキッとするほど弾ける笑みを浮かべて愛沙がこちらへ走ってきた。

「俺の彼女なんで、すみません」

思わず口をついた言葉に愛沙が目を丸くしていた。

信じられないものを見る目つきは心に来るからやめてほしい。顔も赤いしこれは怒《おこ》らせた可能性が高い。

ただわかってほしい、こう言ったほうがこの手の話は早いんだ。暁人《あきと》に聞いたから多分。

「ちっ……あんな顔見せられちゃ手ぇ出す気もなくなるって」

「ほんと、こんな可愛い子待たせんな」

二人組は過激なタイプではなかったようで、それだけ言うとあっさり引き下がってくれた。

良かった。これ以上押されてもなにかできる案はない。

「遅くなってごめん」

愛沙に向き直ると、顔を赤らめて「ん……」とだけ答えた。

改めて水着姿に目を奪《うば》われる。

あのとき選んだ水着ではあるが、そんなにじっくり見る余裕もなかった。イメージ通り似合ってはいるんだが、いかんせん刺激《しげき》が強い。特にビキニの下の部分とか、こんなとこまで買うとき見ていなかった。思ったより際《きわ》どい……。

「なによ……」

「いや……似合ってる」

かろうじてそれだけ言う。

「そう……」

それだけ言うと愛沙は、顔を赤らめたままうつむいた。

普段のあれを考えると信じられないほど、その、なんというか……可愛かった。

「でもあの……ちょっと刺激が強くて……」

「そんなことは言わなくていい！」

素直に感想を口に出せというまなみのアドバイスを実践《じっせん》したら怒られた。難しいな……。

「ほら！　せっかく来たんだから行くよ！」

愛沙のほうは何か吹《ふ》っ切れたように俺の手を引いて歩いていった。

トラブルはあったが、そのおかげで少し、さっきまでのぎこちなさはなくなった気がした。

◇

愛沙に手を引かれて連れてこられたのはこの施設で最も大きい流れるプールだった。

屋内外にまたがる施設のうち、外の施設の外周を覆《おお》うように流れるので、移動がてら入ることもできる。

膨《ふく》らませた浮き輪に愛沙を乗せ、遠慮《えんりょ》がちに縁《へり》に手をかける。

愛沙と至近距離《きょり》で目を合わせる羽目になった。

「……なによ」

「いや、ごめん」

手を離《はな》して離れようとしたら、愛沙に手を摑《つか》まれて引き戻《もど》される。

「……康貴が持ってきた浮き輪なんだから、使ったら良いじゃない」

「そ、そうか……」

ぎこちないながらも再び距離を詰《つ》める。

さっきは一瞬《いっしゅん》打ち解けたかと思ったけど、やっぱりこうして向き合うと緊張《きんちょう》して喋《しゃべ》れなくなる。

「……」

「……」

お互い顔が赤い。言葉もないまま一周流されてきた。

「愛沙……」

「なに……」

「ウォータースライダーとか、興味ないか？」

「なくは……ない」

「じゃ、行くか」

「ん……」

そのまま半周、言葉もなく流される形で目的地を目指す。

周りのカップルが同じような体勢で流れているのを見ると、同じような状態の自分たちの姿が浮き彫《ぼ》りになるようで妙な気持ちになった。

「ふふ……ちょっとぉ、いま触《さわ》ったでしょー？」

「えー？　わかんなかったなぁ」

「きゃっ！　いまのは絶対触ったぁ！」

俺と愛沙とは決定的に心の距離が違《ちが》う様子を見せつけられている。いや、あれをやりたいかと言われれば……。

愛沙を見るとそのカップルを凝視《ぎょうし》して顔を真っ赤にしている。

そりゃこんな可愛い子と触《ふ》れ合えたらまぁ、男として嬉《うれ》しくないはずはない……。が、今じゃない、ここじゃないと自分に言い聞かせる。

熱に浮かされた頭を冷やすためにあの日の愛沙の言葉を思い出す。

◆

「私もちょうど、夏っぽいことはしたいけど、クラスの子たちと約束はしてないし……男子と出掛《でか》けるのってなんかちょっと……まあでも、康貴なら幼馴染《おさななじみ》だし、無害だし、私の夏っぽいことをするためめってだけなら、一緒《いっしょ》に行くけど……」

◆

妙に必死な姿を思い出すと変な期待や気持ちが湧《わ》き上がるが、言葉通りに受け取っておいたほうが俺の精神衛生上良い。つまりあれだ。決して周りの様子に浮かれたり合わせたりしちゃいけない。

今愛沙が俺と一緒にいるのは俺が『無害』だから。そう自分に言い聞かせて、改めて愛沙に向き直る。

「大丈夫《だいじょうぶ》？　顔が赤いけど」

「焼けたかもな。じゃ、並ぶか」

ごまかすようにウォータースライダーの列に並びに向かう。

「ちょ、ちょっとまって……」

水に潜《もぐ》るのを嫌《いや》がる愛沙は浮き輪から出るのに苦戦している。

ちょっと子供の頃《ころ》を思い出す光景に安心感を覚えて手を差し出す。

「ありがと……」

浮き輪を受け取ってから、改めて手を取って引き上げる。

「じゃ、行くか」

「ん……」

取った手をぎゅっと握《にぎ》りしめられて驚《おどろ》くが、不思議と離す気にはならなかった。

「なに……」

「いや」

顔を背《そむ》ける愛沙の顔が赤いのが、怒っている赤さではないと確信を持てたのはこのときが初めてだったかもしれない。

◇

ウォータースライダーに並んでからは、アトラクションの多さに助けられ、ぎこちないながらもひとしきり遊び尽《つ》くすことができた。

屋外で遊び尽くし疲《つか》れた俺の提案で、室内施設《しせつ》に入って落ち着くことになった。

「ここ、こんなふうになってたのね……」

「そうだな……」

洞窟《どうくつ》型の施設の中は四〇度近い温泉のようになっていた。

「ちょうど休憩《きゅうけい》できてよかったんじゃないか？」

「そうね」

スペースを見つけて腰《こし》を下ろす。湯気でよく見えていなかったが、ここはカップルご用《よう》達《たし》らしく、周囲はほぼ全てカップルで埋《う》め尽くされていた。当然距離も近い。

「ねえ、もうちょっと近づかないと、場所が……」

「あぁ……」

カップル向けにスペースが分けられているせいでそういうことも起こるらしい。

ほとんど肩《かた》が触れている状態で、なお身を寄せてくる愛沙を避《よ》けるスペースはなかった。

「んっ……」

この状況《じょうきょう》でその声は本当に勘弁《かんべん》してほしい……。

それでなくても温泉に二人で入ってるような錯覚《さっかく》に陥《おちい》るのだ。実際に横を見れば水着を着ているのはわかるんだが、それを確認してしまうとそれはそれで変な気持ちが沸《わ》き起こること間違いなしという八方塞《はっぽうふさ》がりの状況だった。

素数でも数えるしかないかもしれないと思っていると、愛沙のほうが口を開いた。

「ねえ。康貴」

お互《たが》いに顔をそらしているので表情はわからないが、多分その顔は、ここ最近で一番柔《やわ》らかいものだ。

「なんだ？」

「あのね……私ずっと、康貴に謝りたくて……」

「謝る……？」

愛沙の言葉を待つ。

「ん……。私ね、自分でもこの性格が、嫌になるときがある……」

「なんでまた……」

普段《ふだん》、俺以外に接しているときの愛沙の性格が悪いなんて全く思わない。その証拠《しょうこ》にクラスで間違いなく中心として周囲に人が集まり、クラスメイトたちにも慕《した》われているし、仲が良くなかったとしても、相当な人気者になっている。

「私は多分、甘えてたんだと思うの」

「甘え……？」

「そう。康貴のこと、家族みたいに思ってる」

「それはまぁ、そうやって育ったからな」

俺たちは本当に兄妹か、姉弟か、そういう風に幼少期を過ごしてきている。

「そう、ね……。でもね、だからって、私たちは血がつながってるわけじゃないから」

「そりゃそうだ」

「それを、わかってたはずなのに、私は康貴がどこにも行かないと信じて甘えてたんだと思う」

甘え……か。それを言うなら俺だって多分、心のどこかで愛沙は特別で、愛沙にとっての俺もそうだと思って過ごしてきたと思う。

「進学して、距離ができちゃって、自分でもよくわからなくなって……。それでも康貴なら、見捨てないでくれるだろうなって思ってた」

「そりゃまぁ、見捨てたりはしないけど」

「うん。でもやっぱり、距離が開いちゃえば、兄妹《きょうだい》じゃない私たちは簡単には戻れない」

そうだ。だから俺は愛沙と離れたし、愛沙もそれが良いんだと、そう思っていた。

「私ね、康貴がまなみの家庭教師って形でうちに来るようになって、また家族みたいになるんじゃないかって、勝手に思ってた」

愛沙の言葉の意味はなんとなくわかる。

ただやっぱり、距離の開いた俺たちが自然と距離を詰めるのは難しかった。

「まなみのおかげでここまで来て、さすがに姉として私も、しっかりしなきゃって思ってね」

「おう……」

愛沙がそこで初めてこちらを向いた。俺も釣《つ》られて目を合わせる。

「私は素直じゃないから、多分康貴が優しくってもそういう態度を、これからも取るときがあると思う」

「そうだな」

思わず笑ってしまう。そんなことを面と向かって言う愛沙に。

そんなものはもう、今更《いまさら》なんだ。これまで何年それに付き合ってきたと思っているのか。

「ふふ。うん。康貴がそれでも許してくれるから、私はそれにたくさん甘える」

「すごい宣言だな」

「うん。でもその代わりね」

ぐっと愛沙の顔が近づいてきて、ドキッとする。

「私も康貴に、何かできることを探す」

「何か……?」

「そう。何か。もちろん普段の態度も気をつけるけど……」

「それがすぐどうこうならないのはよくわかってるからいいよ」

「むっ……」

子供っぽく膨《ふく》れる愛沙だが、反論はできないらしかった。

「ま、そんなに気を遣《つか》わなくていいんだよ」

「でも……」

「俺は今日、愛沙がそう思ってくれてるのを聞いて、嬉しかったから」

「……ん」

家族だったあの頃のようにと愛沙が望むなら、普段の態度だってあの頃の素直になれない愛沙のままなのかもしれない。

「なによ……」

「いや、すっかり人気者になって、あの頃とはぜんぜん違うと思ってたからさ」

「そう簡単に変わらないわよ」

変わらないまま甘えられたのが家族だけだったってことか。そこが変わっていないならよかった。

「あのさ」

「なに？」

「これからもよろしく」

「ん……」

なんとなく、口に出した言葉が愛沙に届いたところで、二人とものぼせてしまいどちらからともなくそこを出ることにした。

離《はな》れた心【前半愛沙《あいさ》視点・後半康貴《こうき》視点】

きっかけは本当に些細《ささい》なことだった。

「やーい。高西《たかにし》ブース」

「ブスじゃないもん！」

また始まったと思った。

男子たちのからかいは毎日のようだったし、当時の私はむきになって言い返してくるちょうどいい相手だったんだろう。

だけどその日は、いつもと違《ちが》った。

「康貴もそう思うだろ？」

康貴は他の男子と違うと思っていた。

仲良しで、いつまでもずっと一緒《いっしょ》で、だから最近ちょっと話してなくっても、康貴ならって。

でも康貴は……。

「あー……どうかな……」

曖昧《あいまい》に笑うだけだった。

◇

愛沙との仲が急速に悪くなったのはいつだったかと思い返したけど、多分俺が愛沙から離れる原因になったのは中学生のときだろう。

「まじでうけるんだけど！」

「きゃはは」

愛沙は小学生の頃《ころ》からモテていて、構ってほしい男子にいつもからかわれていた。

そんな生活に嫌気《いやけ》が差したのかどうかはわからないが、中学生になって愛沙は少し男子と距離《きょり》を置くようになった気がした。いや男子が置いたのか？

いずれにしても小学生の高学年あたりから家族間の付き合いも薄《うす》れていき、愛沙との距離も開いた。

「あ？　なんか見てるんだけど……きも」

愛沙が所属するようになったのはクラスでも一番目立つ女子グループだった。

で、見てたらこんなことになってしまったわけだ……。

「あれ？　えっと……藤野《ふじの》だっけあれ？」

慌《あわ》てて目をそらしたがもう話題は俺に移ってしまっていた。

「愛沙のこと見てたんじゃないー？　愛沙可愛いし」

「え？　そうなの……かな？」

「でもきもいよねぇ。身の程をわきまえろっていうか……」

「あはは……」

聞こえるように言わなくてもと思いながらも、今俺が愛沙にどう思われているかがわかると思うと、耳をそばだててしまっている俺もいた。

愛沙は可愛い。クラスでも人気だった。

その愛沙と幼馴染《おさななじみ》で、幼い頃から何度も遊んでいたというのは、ある意味当時の俺にとってステータスだった。

多分俺は、盲目《もうもく》的にだけど、あの頃愛沙が好きだった。

「ま、愛沙にはあんなモブみたいな男似合わないって！　そうでしょ？」

そう尋《たず》ねられた愛沙。

心のどこかで、否定してくれると信じていた。

今は少し距離が開いていたって、お互《たが》いの気持ちは通じ合っているのではないかと、そう思い込んでいた。

だからこそ、その後に出てきた愛沙のセリフは、受け入れがたくて、俺の中にあったかすかな自信のようなものが打ち砕《くだ》かれたのだ。

「まあ……そうかも？」

「だよねー！」

たったそれだけ。

その後愛沙たちがどんな話をしていたのかも、どんな表情をしていたのかも思い出せない。

いや、思い出したくないから、記憶《きおく》から消していたわけだ。

「甘え……か」

プールでの愛沙の言葉を思い出して、少しだけあの頃のような、淡《あわ》いなにかが胸の中に生まれたような気がしていた。

ただもうあのときと同じ思いはしたくはない。

あくまで愛沙の感情は、家族としての甘えだ。そうじゃないと、そう自分に言い聞かせておかないと、また何かが崩《くず》れてしまう気がして……。

「寝《ね》よう」

考えるのをやめた。

打ち上げ

あのプール以降、愛沙《あいさ》の態度が劇的に変わる……なんてことは全く無かった。

変化といえば、こうしてたまにメッセージが飛んでくるようになったことくらい。

『今日、暇《ひま》？』

『暇……だと思う』

『じゃあ放課後、クラスの打ち上げやるから』

そうなのか……。とりあえずスタンプだけ返しておいた。

「ついにお前もメッセージをするようになったんだな……」

「そりゃ使うだろ……このくらい……」

「ちげえよ。相手だよ相手。チラチラ見てたってことは高西《たかにし》さんとだろ？　違うか？」

「それはそうだけど」

いつもどおり話し相手は暁人《あきと》。ただ今日を最後にしばらく会うことはなくなる。

先程終業式も終わり、残すところ簡易のホームルームのみ。それが終われば念願の夏休みだ。

「暁人も行くのか？　打ち上げって」

「打ち上げ……？　なんだそれ？」

「愛沙が言ってたけど」

「そりゃお前、クラスのというか、あのあたりのやつらの打ち上げってことだと思うぞ？」

顎《あご》を向けて指す方向には、いつもクラスを牽引《けんいん》するメンバーが勢揃《せいぞろ》いしている。

愛沙を中心に女子が四名、男子が二名。それぞれ部活のエースだったり、生徒会だったり、外の活動で表彰《ひょうしょう》されていたりと各分野の遠い存在だ。

「嘘《うそ》だろ……？」

「いや、そもそもクラス全体でやるならこのタイミングで告知されるの、おかしいだろ？」

そう言われればそうだ。てっきり俺への連絡《れんらく》だけ後回しになっていたのかと思っていた。

「そうか。じゃあ暁人、この後暇か？」

「諦《あきら》めろ。俺は高西さんに恨《うら》まれてまでお前を連れ回したくねぇし、俺も俺で用事がある」

暁人をダシにして難を逃《のが》れようとするも見破られていた。

「ま、いいだろ。お前の存在をアピールするにはいい機会だよ」

「なんでアピールしないといけないんだよ……」

「なんか知らんけどこないだから、妙《みょう》に仲良くなってるだろ。あそこのメンバーが納得してりゃ変ないちゃもんはつかねぇから」

言わんとすることはわかる。

ただ別に愛沙とそういう関係になる予定はないし、むしろ家族認定を受けてそういうフィルターから外れているからこその距離感だと思う。思っている。今はそう思っておかないといけない。

だがそれを暁人に言ったところで返ってくるのはこんな言葉だけだった。

「そんな事情は周りは知らねぇんだ。お前と高西さんがなぜか仲がいい。お前でいいなら俺でもってなるより、お前なら仕方ないって思われたほうがいいだろ。高西さんにとっても」

「それはまぁ……」

「ちゅうことで、ちょっとは仲良くしてこい。別にお前、嫌《きら》いってわけじゃないだろ？

あいつら」

「そりゃまぁそうだけど」

距離があって話す機会が少ないだけで、別に何もない。お互いに接点も興味もない存在というだけだ。

「ということで、じゃ、終わったら起こしてくれ」

そう言っていつもどおり机に向かった暁人を見送り、これから始まる得体のしれない打ち上げとやらに胃が痛くなってきていた。

◇

「じゃ、一学期お疲《つか》れ様ー！」

「「「いぇーーーい！」」」

「……いえーい？」

なんで俺はこんなところにいるんだろう。

「しっかし来てくれてよかったよー！」

「そうだな。藤野《ふじの》とは一回話してみたかったんだよ」

久しぶりに同級生に苗字《みょうじ》を呼ばれた気がする。自分がいかに狭《せま》いコミュニティに生きてきたか意識させられることになった。

「いっつも愛沙がお世話になってるもんねー！」

「私は別に……」

「まぁまぁ、ほらほら！　せっかく来てくれたんだからアンタが面倒《めんどう》見なきゃ！」

愛沙に絡《から》むのは生徒会副会長、東野《とうの》藍子《あいこ》。次期会長と名高いクラスのまとめ役兼《けん》ムードメーカーだが、このメンバーだと後者の役割に振《ふ》り切っているように見えた。

「しかし俺、正直来ないと思ってた」

「それは俺もだな……」

サッカー部のエース、宮野《みやの》隼人《はやと》と、剣道《けんどう》部主将、榎本真《えのもとまこと》。

「康貴《こうき》くんも緊張《きんちょう》しなくていいからねー」

隣《となり》に座るのはショートカットで吹奏楽《すいそうがく》部の部長、秋津莉香子《あきつりかこ》。秋津だけはこのメンバーの中でも比《ひ》較《かく》的よく話をする相手だった。というより誰《だれ》に対してもこんな感じで距離が近い。そして秋津と話しているときは愛沙の機嫌《きげん》は基本的に悪かった。

「莉香子、あんまり愛沙の藤野くんにくっつかないほうがいいよ」

対面に座るのはフィギュアで全日本大会に出るほどの実力を持つ加納美恵《かのうみえ》。一見冷たい印象を与《あた》えるが気配り上手な落ち着いた女子だった。

そうそうたる面々だな……。女子は三人ともクラスで人気の美少女だ。

とはいえ愛沙と比較すると、贔屓目抜《ひいきめぬ》きにちょっと人気に開きがでるのが愛沙のすごいところではある。

愛沙に助けを求めるが「違《ちが》うっ！　私のじゃないから！」とからかわれるままに盛り上がっているので効果がなかった。

「ま、せっかくカラオケに来たんだから歌おっか！」

秋津がそう言ってリモコンを渡《わた》してくる。

「俺……？」

「うんうん。あ、やりづらかったら愛沙と歌ってもいいよ？」

愛沙を見るとなにも言わないうちにすごい勢いで首を横に振られた。

「無理無理無理無理！」

そんなカラオケ苦手だっただろうか……？　まなみとは結構歌うんだけどな。

とりあえず断るのもやりづらい雰囲気《ふんいき》だったので適当にランキング上位の曲を入れて歌い始める。

「おー！」

「いいぞー！」

緊張したがまなみの勢いだけのタンバリンと違ってちゃんとリズム通りに盛り上がってくれるのでちょっと歌いやすかった。

「おつかれー！　うまいね！」

「ありがと」

声をかけてくるのは秋津が中心だ。助かるのは助かるんだが距離《きょり》が近いのと愛沙が怖《こわ》い。

「じゃ、次わたしー！」

秋津がリモコンをいじる横で別のリモコンを持った榎本に声をかけられる。

「おい藤野、これ歌えるか？」

「おい真。お前それ合いの手しかやる気ないだろ……全部藤野に歌わせる気だな？」

「俺が歌えないの隼人は知ってるだろ！」

どうやら榎本は歌が苦手らしかった。声はでかいんだけどなぁ。

「藤野くんー！　私とも歌おっかー！」

「あ、じゃあわたしも……」

東野と加納にも声をかけられる。カラオケは一緒《いっしょ》に歌うときっかけが作りやすいからな。

このあたりが普段《ふだん》からコミュニケーション能力が高いメンバーは違うなと思いながら、言われるがままに歌い尽《つ》くしていった。

途中《とちゅう》で聞いた愛沙の歌声は、透《す》き通っていて綺麗《きれい》だった。苦手ってことではなかったようだ。

眺《なが》めていたら顔を赤くして背《そむ》けられたので黙《だま》ってモニターに目を移した。

◇

ひとしきり歌いきったところで、運ばれてきたピザやポテトを手に休憩《きゅうけい》に入った。

秋津と東野がたまに曲を入れているがいいBGMという感じだ。

モニターに近い位置に歌う二人が座り、今は男女が対面に座り合う形になっていた。曲が流れ出せば隣《となり》同士でしか声は通らない。

ということでいま、両サイドに二人置いて擬似《ぎじ》的に男子だけの集まりを作り出していた。

「藤野……っていうと他人行儀《たにんぎょうぎ》だな。康貴でいいか？」

「いいけど」

「よかったぁ。あんま話もしないしちょっと嫌われてるかと思ってたんだよな、俺」

そう声をかけてくるのはサッカー部エース宮野隼人。お調子者ではあるが、恨まれるようなタイプには見えなかった。

「ほら、俺ってちょっと勢いで生きてるからさぁ。あ、隼人でいいからな！」

「わかったよ」

勢いで生きてる人間は輪をかけてひどい例を知ってるからな……。隼人のはいらぬ心配だった。むしろ俺みたいなのに何を思われてるか少しでも気にしてたのが意外だったというか、なんというかという感じだ。

「いやぁでも、いつも高西を取ってるような感じだったからな。どう思われてるかは不安だった」

「なんだそれ」

真も一曲終わったときにはお互《たが》い下の名前で呼び合う仲になっていた。

「実際のところさ、どうなんだよ。高西とは」

「お前らまでそれか……」

暁人とそんな変わらない安心感で少し打ち解けたが、少しうんざりする部分もある。

「いやぁ、気になるだろ。俺もやり玉にあがるから嫌《いや》なのはわかるんだけどさ」

「あー……」

隼人はまぁ確かに、顔面偏差値《へんさち》で学年で最も愛沙に近い男子。人気も申し分ない。

多くの男子は隼人が相手なら諦めるだろう。そういう意味でよく話題に上る一人だ。

「だけどなぁ。近くにいたらわかる。あいつにその気はない」

「まぁ、愛沙だしなぁ」

当たり障《さわ》りなく関わっているうちは好きとか嫌いの概念《がいねん》はない。ちなみにこれまで見てきて愛沙が好きだったんだろうなと思うのは女友達数人とまなみくらいだ。

「それがわかるのが、さすが幼馴染《おさななじみ》というか……お前ら早く付き合ってくれと思う」

「なんでだ……」

隼人がため息をつくが意図が見えなかった。

「俺がそういう噂《うわさ》になることはほとんどないが、まぁ明らかに高西がお前を見る目は違うからな」

真が言う。そりゃそうだろう。あんな目を俺以外に向けたら怖い。俺でも怖いんだから。

「「はぁ……」」

二人してため息をつかれる。

「なんだよ」

「いや、まぁいい。あとは女性陣《じん》に任せた。頑張《がんば》れ」

「俺たちじゃ無理だったたってことだ。まぁなんだ。今後も仲良くしようや」

それは全然いいんだが、何やら嫌な予感が拭《ぬぐ》えないままカラオケは終わり、ファミレスに向かうことになる。

いつもどおりなのかもしれないが、女性陣にからかわれて顔を赤くした愛沙が俺を睨《にら》みつけていた。

◇

「藤野くん、意外と遊び慣れてる？」

たどり着いたファミレス。これまであまり話していなかった加納が口をひらいた。フィギュアのとき以外は省エネモードらしく声に覇気《はき》がない。というのに内容は鋭利《えいり》な刃物《はもの》のようにズバズバくる。

「えっ」

愛沙がなぜか食べてたポテトを落として、無言で東野に拾われて口を拭《ふ》かれていた。面倒見がいいな。次期生徒会長。

「まなみ……えっと、愛沙の妹が割とああいうところも好きでな」

「なるほど……で、なんで愛沙は一緒に行ってないの？」

加納の顔が愛沙に向く。

「うぇっ⁉ 私っ？」

「他に誰がいるの」

「えーっと……まぁ、まなみは康貴によく懐《なつ》いてるから……」

突然《とつぜん》のフリに焦《あせ》った愛沙はパタパタ手で顔を扇《あお》ぎながら飲み物に口をつける。

「愛沙も懐いてるのに」

「ぶほっ？」

愛沙は飲み物を噴《ふ》き出してまた東野の世話になっていた。

「ふふ。まぁまぁ美恵。愛沙がいっぱいいっぱいだから」

助け舟《ぶね》を出したのは秋津だった。

愛沙は何も言えずになぜか俺を睨みつけた。

「だからなんでそこで俺を……」

「お前だけだもんな、それやってもらえるの」

「真、その言い方はなんか、変態みたいだぞ」

真と隼人がこそこそ囁《ささや》いてくる。話しているとクラスで感じるような距離感ほど壁《かべ》がなかったことがわかる。

そうこうしていたら秋津の標的が俺に変わったらしく、隣に座ってきてなぜか肩《かた》まで組んできた。

愛沙が怖いからやめてほしい。

「まぁでもじれったいのはそうなんだよね」

「なんでそんなにくっつけたがるんだ……ただの幼馴染だから仲良いだけだって」

「はぁ……」

なぜか愛沙にもため息をつかれる。

「これはあれだね……」

秋津が何か考え込んでつぶやいたかと思うと、突然《とつぜん》抱きついてきた。

「なっ？」

俺より愛沙の反応が早かったせいでタイミングを逃《のが》して固まってしまう。

「ふふ。悪くないねぇ。これ」

「なんなんだ……」

口をパクパクする愛沙のおかげで逆に平常心が戻《もど》ってきた。それに秋津は雰囲気がまなみに近いのであまり緊張《きんちょう》せずに済んだ。

のだが――

「じゃあ、私も」

「おい、なんなんだ」

なぜかテーブルの下から現れた加納に抱きつかれた。見た目にはわからないが接触《せっしょく》すると引き締《し》まってるんだなというのが意識させられる。というか狭《せま》い。

「え、これ私もやったほうがいい流れ？」

東野までそんなことを言い出す。

「そんな流れはない。助けてくれ」

愛沙を見ても固まって動けなくなってるし、男二人は手を合わせて距離を取る。ご丁寧《ていねい》

に俺の隣を空ける形で。

「じゃ、ごめんね愛沙。えいっ」

結局東野も悪ノリして女性陣全員に抱きつかれるという謎《なぞ》の状況《じょうきょう》が生まれる。店に客が少ないおかげで目立ったりしてないのが救いだった。

それでなくても、ドリンクバーとピザやらポテトやらで大してお金を使わないのに長居する迷惑《めいわく》な客だというのに……。

「うんうん。堪能《たんのう》した堪能した」

「ほんとなんだったんだ……」

普段から教室の中心で盛り上がってるメンバーのノリはよくわからない……。

「これだけの美少女に抱きつかれてもその態度！　やっぱり遊び慣れてるな～」

「なんでそうなる」

秋津の言葉にはなんとかそう返すが、こちらは心臓がばくばくしている。

「ということで、後は愛沙だけだね」

「うん」

「そうだね、私たちだけじゃ不公平だし……」

なんなんだそれ……。愛沙も固まってるだろ。

「幼馴染って一緒に風呂《ふろ》入ったりしてたんだろ？」

真の質問にまた愛沙が飲み物を噴き出した。

いまは隣に東野がいないから一人わたわた口元を拭いている。

「突然過ぎるし昔の話だからな」

「いやじゃあ、抱きつかれるのくらい別になんともないいんじゃないのか？」

「まぁ……」

そう口には出すが、まなみはともかくいまの愛沙に抱きつかれて何も意識しないのは難しい。

ずっと家族のまなみと、一度家族でなくなった愛沙の差はでてくる。

と、考えているうちになぜか愛沙が目の前に来ていた。

「その……私だけしないのは……えっと……ノリが悪いと言うか……」

「大変なんだな、色々」

「うるさいっ！」

それだけ言って飛び込むように抱きついてくる愛沙。

思わず背中に手を回して抱きしめ返してしまった。

「……なんか言ってよ」

「いや……えっと……」

色々あたってる。柔《やわ》らかい。いい匂《にお》い。力入れたら壊《こわ》れそう。

いろんな思いが頭を駆《か》け巡《めぐ》るがどれも口に出すことはためらわれた。ちょうどいいところで事の発端《ほったん》になった秋津が遮《さえぎ》ってくれた。

「はーい！　おわり！　終了《しゅうりょう》！　ちょっと！　二人の世界に入らないで！」

「なっ……別にそんなことは……」

「はいはい。続きは家で！　ほんと、なんでただ抱きついただけでそんな雰囲気《ふんいき》になるの」

何か違《ちが》ったんだろうかと思って周りを見ると、全員が顔を赤くして見つめていた。

「なによ……」

一番顔の赤い愛沙の視線は、相変わらず睨んでいるように鋭《するど》かった。

海

「ついたー！　海だー！」

かぶっていた麦わら帽子《ぼうし》を落としながら走り去るまなみ。元気すぎる。

電車を乗り継《つ》いで二時間。俺はもう暑くてバテてる。大荷物を抱《かか》えて歩いてたせいもあるけど。

「大丈夫《だいじょうぶ》？　康貴《こうき》」

愛沙《あいさ》が心配して顔を覗《のぞ》き込んでくる。道中も何度か荷物を持とうと手を出してきたが面《メン》子《ツ》を守るためだけに断ってきた。今更《いまさら》疲《つか》れたとは言えないだろう。

「大丈夫。俺場所取っとくから、先着替《きが》えてきたらどうだ？」

「着替えてるよ！　ほら！」

いつの間にか戻ってきていたまなみがガバッとワンピースをたくし上げた。

黒い何かが見えたがすぐ愛沙に止められて見えなくなった。

「康貴……」

「いや、俺悪くないよな？」

なぜか愛沙に睨まれるが今日はすぐに助け舟が出された。もっともそれはまなみから出された泥舟《どろぶね》だったわけだが。

「お姉ちゃんも着てきたでしょ！　えいっ！」

「きゃあっ？」

後ろから愛沙のスカートも思い切り捲り上げて俺に見せつけるような体勢をとるまなみ。

「ちょっとまなみ⁉」

「あはは！！　康にぃまた後でねー！」

「こら！　待ちなさい！　まなみー！」

助かったかはわからないが、ひとまず難は去った。先延ばしにしただけとも言うが。

◇

「康にぃ！　海だよ！　海！」

「なによ……」

すでに浮《う》き輪に入って海に向かおうとするまなみと、こちらを睨《にら》むように立つ愛沙。

「下、そんなのあったんだな」

愛沙の水着には前回はなかったスカートのようなものがついていた。前回と違って刺激《しげき》が少なくなっている。

「残念だったねー、お兄ちゃん！」

「元はと言えばまなみがあれを隠《かく》したから！」

どうやら前回はまなみのイタズラで布面積が少なくなっていたらしい。あれはあれで良かったが、これはこれでいいな……。

「えっと……脱《ぬ》いだほうがいいなら、脱ぐ……けど」

水着に手をかけながら言うのはやめてほしい。俺も布面積が少なくて色々いっぱいいっぱいだから。

「いや！　今のままで大丈夫だから！　よく似合ってる！　大丈夫！」

「そ、そう……」

なんとか愛沙は納得したように引き下がってくれた。

横でニヤニヤしていたまなみを小突《こづ》いたら「いたっ！　あははは！」と壊れたようにはしゃぎ始めた。箸《はし》が転んでもおかしい年頃《としごろ》と言うが……まさに、といった様子だった。

まなみのほうは黒のフリルがついた水着。愛沙と違ってセパレートではないし、まなみの子供っぽさが相まって特段俺の下半身に悪いことにはなっていなかった。

「まなみお前、ちゃんと下着持ってきてるよな……？」

「私が用意したから大丈夫よ」

「へっへー！　私は完全に忘れてたけどね！」

だろうと思った。小学生の頃《ころ》何度かやらかしてるのを知っている……。

「まあまあ！　ほら！　早く行こう！」

「わかったわかった。でも俺はもう一個浮き輪膨《ふく》らませるから、先行ってこい」

「えー、康にぃと一緒《いっしょ》がいいから手伝う！」

すでに浮き輪に入ってはしゃいでいたまなみが、俺が膨らませていた浮き輪を奪《うば》い取って膨らませ始める。

「お前……」

それさっきまで俺が口つけてたやつだぞ……？

愛沙が顔真っ赤にして怒《おこ》ってるじゃないか……。

「ん？　んー！　んんーんんんんー？」

浮き輪を咥《くわ》えたまま何か言おうとしているが全く聞き取れない。

「じゃあパラソルとか、やるか」

「手伝うわ」

愛沙は一旦《いったん》まなみを放置することにしたらしい。ずっとつっこむのは疲《つか》れるもんな。

クーラーボックスから飲み物を渡《わた》して一段落してから、パラソルやら椅子《いす》やらを並べていく。

しばらくするとまなみのほうから声が聞こえた。

「はぁー！　疲れたー！」

「俺より早いな……」

あっという間に空気を入れ終えたまなみは浮き輪を愛沙に投げて、俺の手を引いて海に連れて行こうとする。

「ほら！　はやく！　海が逃《に》げちゃう！」

「逃げないわよ……」

そう言いながらも柔らかく微笑《ほほえ》む愛沙にすこし和《なご》やかな気持ちになりながら、三人で海を楽しみはじめた。

◇

絶賛愛沙の機嫌《きげん》が悪い。

原因はわかってる。愛沙をおいてまなみと二人、本気の遠泳をはじめたせいだ。

ちなみに負けた。おかしい……。

「むぅ……」

「ごめんって」

ちなみにまなみは俺に愛沙を任せて一人で浅瀬《あさせ》の魚を追いかけて遊んでいる。うまく逃げやがって……。まなみのほうが機嫌取るのうまいだろうに。

「えっと……」

「かき氷」

「ん？」

「かき氷、食べたい」

「わかった、買ってくる」

救いはこうして愛沙がコミュニケーションを取ってくれることだった。なんならちょっと、子供っぽくなっていて可愛い。

まなみもいて他の知り合いもいないとなると昔に少し戻《もど》れるのかもしれないと感じた。言ったら怒るか意地になりそうだから絶対に口には出せないが、なんだかんだ愛沙のこの態度を楽しんでいる自分がいた。

「ついでに焼きそばとかも買ってくか」

俺もお腹がすいたし、まなみも動き回っているからなにか食べさせないといけない。

買い出し係としてしっかり頑張《がんば》るとしよう。

◇

「さすが康貴」

「さすが康にぃ！」

愛沙はブルーハワイ、まなみはいちごだ。昔から変わってないようでよかった。

「好みが変わってなくてよかった。もしあれなら俺のと交換《こうかん》しようかと思って――」

「それも食べる」

食い気味に愛沙が食いついた。そんなに食べたかったのか？　メロン味。

「じゃあ」

「あーん」

口を開けて目を瞑《つぶ》る愛沙。

これは……。

「ほらほら、康にぃ、早くしないと溶《と》けちゃうよ！」

「あ、あぁ」

慌《あわ》てて愛沙の口にかき氷をつっこんだ。

恥《は》ずかしい。これ、やる方もこんなに恥ずかしいものだったのか……。

「あはは。はい、じゃあ次私ー！」

こうなると当然まなみも要求してくる。

「あーん」

「おぉ……」

まなみ相手なら似たようなことが起こることもあったのでなんともないかと思ったが、改めてやると恥ずかしかった。

「康貴、これも食べて」

「あ、私のもあげるー！」

やられるのも恥ずかしい……。

結局焼きそばもフランクフルトも冷めるまでずっとかき氷を食べさせ合うことになってしまった。

火照《ほて》った身体《からだ》を冷ますためのかき氷だったはずが逆に暑くなった気がする……。

「泳ぐか」

改めて熱冷ましに海に向かう。

勢いよく海に飛び込んだら、意外なことに愛沙も追いかけて来た。

「水が嫌《いや》なわけじゃなかったのか」

「プールも一緒に行ったんだからそうじゃないのはわかるでしょ……」

呆《あき》れられた。そりゃそうか。

いやでも塩水だからとか……。まぁいいか。本人がいいと言ってるなら。

「さっきは……その……日焼け止めとか……」

「なるほど……」

小さく「ほんとは塗《ぬ》ってほしかったのに」と聞こえた気がするが、つっこむと墓穴を掘《ほ》るのでやめた。

そういうのはもうちょっとこう、時間がほしいというか、なんというかという感じだった。

「こんなこともあろうかと！　ボールを用意しました！」

まなみがハイテンションかつ猛《もう》スピードで膨らませたビーチボールを掲《かか》げる。

「落とした回数が多い人が罰《ばつ》ゲームー！　じゃ、康にぃいっくよー！」

「待て待て、手加減しろよ⁉」

「えーい！」

バレー部の試合で助《すけ》っ人《と》のはずなのに部員より強い秘蔵《ひぞ》っ子《こ》として活躍《かつやく》したまなみの手

加減なしのアタックが足元の絶妙《ぜつみょう》な位置に飛び込んでくる。

なんとか足を使ってあげる。

「おー！」

「えっ？　これ私？　えっと……えい！」

愛沙が水に足をすくわれそうになりながらもなんとかあげる。

方向としては俺の方、これは取らないと俺の失敗にカウントされそうだ。

その後もまなみの容赦《ようしゃ》のないアタックと、愛沙のおぼつかない明後日《あさって》の方向のパスをなんとか繋《つな》ぎながら遊んだが、罰ゲームは結局俺になった。

◇

ビーチバレーもどきで遊び尽《つ》くしたあと、満を持して俺への罰ゲームがはじまった。

「いえーい！　埋《う》めろ埋めろー！」

砂浜《すなはま》でひたすら砂を盛られる。まなみの小さな身体のどこにそんなパワーがあるのかと思うほどすごい勢いで埋められた。

そして俺が身動きできなくなったら満足したようでいまはカニと戯《たわむ》れている。自由過ぎる……。

「で、いつまで俺、埋められてんの」

「ふふ」

解放されるかと思ったら、まなみに代わって、愛沙がペタペタと俺に土を盛り始めていた。

「えっと……」

「今康貴、動けないのよね」

「そりゃそうだけど」

「そう……ふふ……」

ちょっと愛沙が怖《こわ》い。

まなみに助けを求めて視線を送るも、なぜか投げキッスをしてどこかへ走り去っていった。なんなんだ一体……。

「助けてほしい？」

「そりゃまぁ、そろそろ出たい」

「じゃあ何かお願い、聞いてもらおっかなー」

なんて理不尽《りふじん》な……。

「冗談《じょうだん》冗談。今日はありがとね」

「なんだ突然《とつぜん》……」

柔《やわ》らかい表情で笑う愛沙は、どちらかというと昔の愛沙に近い。

「覚えてる？　昔私が海に行きたいって騒《さわ》いだとき」

「あー……あったな……」

多分まだ小学生くらいのときだ。あの頃《ころ》の愛沙はまぁ、当然ながら結構子供で、今の姿からは考えられないくらいわがままを言って両親を困らせていた。

懐《なつ》かしい。

「道もわからないのに家を飛び出して、康貴に見つけてもらうまで公園で泣いて……」

「あの頃の愛沙はお転婆《てんば》だったからなぁ……」

いまとなっては物怖《ものお》じせずにパワフルなまなみも、家ではお母さんに、外に出れば愛沙に、誰《だれ》もいないと仕方なく俺にしがみついて離《はな》れないという人見知りの塊《かたまり》のようだった。

それに比べれば当時から気が強く男子にも負けじと暴れていた愛沙はなかなかにやんちゃだった。

「何年もかかったけど、やっと来れた！」

海に向けて両腕を広げる愛沙。

絵になる立ち姿だった。

「別にこれまでも来てただろ？」

「んーん。康貴と来たのは初めて」

「まぁ……そうか」

なんだかんだ家族同士で出かけるときも海はなかったか。

「そうか。ようやく約束が果たせたわけか」

「覚えててくれたの？」

「思い出しただけではあるけど……」

公園で泣いてる愛沙を慰《なぐさ》めながら言った「俺が海に連れて行く！」という言葉を。

「えへへ。そっか。そっか」

「むしろあれだ……遅《おそ》くなってごめんな」

「んーん。いいの。少しずつで」

子供の頃の話をしたからだろうか？

今日ずっと感じている愛沙の幼さがより一層強まる。かと思えば次の瞬間《しゅんかん》には十分に魅《み》力《りょく》的な大人になっていて、そのギャップにドキドキしてしまう。

「さて、そろそろ出してあげよっかな」

「そうしてくれ」

「どうしよっかなー」と楽しそうに笑って、抵抗《ていこう》できない俺の顔をペチペチ叩《たた》いてみたりしながら、少しずつ砂をどけていく。

そんな愛沙にさっきまでは懐かしさとドキドキを感じていたわけだが、角度が変わった瞬間に状況《じょうきょう》が変わる。

愛沙の水着はスカート状で、俺は寝転《ねころ》がっている。

別に前回見てるし見ちゃいけないわけじゃないんだが、隠《かく》れてるものがちらちら見えるというのはこう、あまりよろしくない光景だった。

「んー？　どうしたの？　康貴」

楽しそうに柔らかく笑う愛沙にばれないようにこの高ぶりを隠して砂から脱出《だっしゅつ》するためにどうすればいいかと、必死に考えながら砂をどかす幼馴染《おさななじみ》を眺《なが》めていた。

◇

「つかれたー！」

「まなみは結局ずっと動いてたもんな……」

ひとしきり遊びきって日も沈《しず》みかけてきたので帰り支度《じたく》を始める。

「先に着替《きが》えてきてくれ」

一応シャワーとかも付いてたはずだし俺よりやることが多いだろう。

まなみがバスタオルがあるから平気だと俺の前で着替え始めようとして、慌てて止めるトラブルもあったが大人しく行ってくれた。近くに人がいなくてよかった。

「ん？」

二人が向かった後、見知った顔を見つける。

「あれ高西《たかにし》姉妹だったって！」

「声かけたらいけないかな？　二人だけなら」

「海だし！　開放的になってるかも？」

学年は同じ。名前がすぐに出てこない。見ると三、四人の男グループのようだった。

「ちょうど帰るなら方向も一緒《いっしょ》だろ？」

「声かけてこうぜ！」

んー。別にプールのときのナンパのような害はないんだけど、帰りにくいな。

どうしたものかと思っていたらさらに別の知り合いが現れた。

こんなに重なるものか……。いやまぁ、よく考えたらうちの学校周辺からだと来やすい海なんて限られるか。

「やっほー！　なになにー？　男子だけで寂《さみ》しく海かよー！」

「え、秋津《あきつ》……？」

愛沙たちに声をかけようとしていた男子グループに絡《から》みに行ったのは秋津だった。後ろに東野《とうの》もいる。

水着なんだろうけど二人とも裾《すそ》の長いパーカー状のラッシュガードを着ているのでいつもと露出《ろしゅつ》はそんなに変わらなかった。残念ではない、というと嘘《うそ》になるがまぁいい。

「ちょうど良いとこにいたな！　今から飯行くんだけど一緒にどうだ？」

「榎本《えのもと》？」

クラスの人気者たちはまぁ、学年にも顔がひろい。というか彼らは割と誰とでもすぐ仲良くなれるわけだが、今回は結構無理やりだろう。

真《まこと》の後ろにいた隼人《はやと》がこちらを見て親指を立てていたので手を合わせておいた。

ほんとにいいやつらだな。ただまぁ、なんでここにいたのかについては愛沙を通して抗《こう》議《ぎ》する必要はあるかもしれないが。

◇

「ふふ。寝《ね》ちゃったね」

「そうだな」

まなみは電車で座って二秒で寝た。ここまで体力を全振《ふ》りして遊びきれるのはある意味才能だなと思った。

寝るのは良いんだが俺にもたれかかるのは……まぁいいか。

「私も疲《つか》れちゃった」

「え……？」

俺を挟《はさ》んでまなみの逆側に座った愛沙も俺の肩《かた》に頭をのせる。

「ちょっと、寝てもいい？」

「いいけど……」

心臓がバクバクしていた。

まなみにもたれかかられても感じなかった緊張感《きんちょう》がある。

「ありがと……」

そう言うと程なくして規則正しい呼吸音だけが左から聞こえてくるようになる。

「疲れてたんだな……」

まぁ男の俺と、普段《ふだん》からある意味運動部よりハードに動き回ってる勝利の女神に無理やり合わせてたわけだからな。

「おやすみ」

ちょうどまなみの身体《からだ》が俺から離れたところで、ほとんど無意識に愛沙の髪《かみ》に指を通して頭を撫《な》でた。

すぐに寝ぼけたまなみに腕《うで》を摑《つか》まれて引き戻《もど》される。

俺も意識を手放しそうなほど疲れは襲《おそ》ってきていたが、二人に囲まれたこの状況ではなかなか眠《ねむ》ることもできなかった。

久しぶりの

「ねえ、康貴《こうき》にぃ？」

「ん？」

夏休みに入っても家庭教師は継続《けいぞく》だ。

まなみの頑張《がんば》りが大きかっただけだが、大幅《おおはば》に成績が向上したということで高西《たかにし》家の両親はわりと満足してくれてるらしい。

俺も教えるために改めて勉強し直したりするおかげで、二学期の成績には期待ができそうだ。

「たまには康貴にぃの部屋行きたいー」

「俺の部屋？」

「そうー！　昔はよく行ってたのにもう何年も行ってない！　久しぶりに行きたい！」

まなみが来ると言ったらむしろうちの両親は歓迎《かんげい》だろう。多分愛沙《あいさ》も連れて来いと言うが……。

「まあいいか」

「やった！　お姉ちゃんにも言わなきゃ！」

俺が何もしなくても愛沙を呼んでくれるようなので、黙《だま》ってまなみを部屋に向かわせた。

◇【愛沙視点】

「お姉ちゃんお姉ちゃん！」

「ん？　康貴の家庭教師終わったの？」

突然《とつぜん》部屋にやって来たまなみに対応するためにメガネを外して振り返る。机に向かうときだけは最近つけるようになっていた。

「あ！　お姉ちゃんも勉強してたのかー」

「宿題は早く終わらせたいから」

「そだよね！　康貴にぃも順調に進めてるみたいだよー」

「そう……」

昔から康貴はそのあたり、真面目《まじめ》にコツコツやるタイプだ。変わってないんだなってちょっと安心した。

「で、どうしたの？」

「あ、えっとね！　前言ってた康貴にぃの部屋に行くの！　オッケーだって！」

「そう……康貴の部屋に……え？　康貴の部屋？」

「うん！」

大きく頷《うなず》くまなみ。

そんな話……あ、ちょっとした気がする。まなみがやたらと行きたがってたから頼《たの》んでみたらと言ったんだった。

多分断りきれない勢いだったと思う。心の中で康貴に謝っておいた。

「じゃあ楽しんできてね」

「え？　お姉ちゃんも行くんだよ？」

「え？」

「康貴にぃも来て欲しそうだったよ！」

康貴が？

「んー、まぁなんとなく、だけど」

「そう……」

康貴が来て欲しそう!?

まなみの前で顔に出ないようにしないと……！

でも、え？　康貴が？　来て欲しいって!?

「お姉ちゃん？」

「あっ！　なになに？」

「えっと、いつ行くかなと思って！　お姉ちゃん予定ある？」

「ない！」

あってもそんなの全部キャンセルして行く！

「だよね。そう言うと思ったので、私の勉強が終わったら行きます！」

「え？」

「じゃ、準備して待っててねー！」

「え？　え？」

今日？

聞いてない。聞いてない！

大丈夫《だいじょうぶ》かなちゃんとした服洗濯《せんたく》してたかな？

今日ちょっと前髪《まえがみ》の調子悪かったんだけど……。

あとは……あとはえーっと……。

「あ、久しぶりにおばさんたちにも会うんだ……」

康貴をちゃんと意識してからはなかなかゆっくり話す機会もなかった。

「緊張《きんちょう》……してきたかも……」

これは先延ばしにしていたらきっと、何も手につかなくなってた。

まなみの即断即決《そくだんそっけつ》に感謝しながら準備を始めた。もしかしたらそのあたりも計算済みなのかもしれないなと思いながら……。

◇

「とつげきー！」

「お、お邪魔《じゃま》します……」

確かにいつ来てもいいとは言ったが……。まさかその話のすぐ後に来るとは……。

本当にこんなすぐに来るとは思わなかった。さすがまなみである。

「よく来たわねぇ！　あらあら二人とも綺麗《きれい》になってー！　どっちでも良いから康貴もらって欲しいわぁ」

「も、もらっ？」

「えへへ！」

母さんの冗談《じょうだん》に愛沙が口をパクパクさせ、まなみもどう反応して良いかわからないといった様子で笑った。

「はいはいとりあえず部屋に上がっててくれ。俺はなんか飲み物とか持ってくから」

二人とも何年か来てなかったとはいえよく知った家だ、部屋の場所くらい覚えてるだろう。

「あ、手伝……」

「いいからそれよりまなみを見張っててくれ」

「……わかったわ」

いまにも階段を駆《か》け上がろうとするまなみを見て愛沙が納得《なっとく》する。頼《たよ》りになる幼馴染《おさななじみ》でよかった。

◇

「で、なんでこんなことに……」

「えへへー」

部屋に戻ったら本棚《ほんだな》から全ての本が抜《ぬ》き取られ部屋中に積み上げられていた。いや別にそんな大事にしてる本はないからいいんだけど……。

「康にぃ、ちゃんと発散してる？」

「は？」

「けんぜんな男子の部屋にはかならずえっちぃ本があるって聞いてたのに！」

誰《だれ》だまなみにそんなこと教えたのは⁉

「辞書とかアルバムの箱の中にも隠《かく》してないとは……一体どこに……」

「いやいくら探しても出てこないから……」

いくら思春期男子でもいつ親が入るかわからない部屋にそんな危ないものを置いてはおけない。いやそういう問題じゃない。

「愛沙がいながらどうして……」

「えっと……私もその、康貴の好みは知っておいた方が良いかと思って……」

なんでだ……。頭を抱《かか》える。

「とにかく早く片付けてくれ。お菓子《かし》も置けないだろ」

「わーい！　お菓子ー！」

「先に片付けてから」

「いえっさー！」

勢いよく片付けを始めるまなみ。

「こら、自分のじゃないんだから丁寧《ていねい》にやる」

「あっ、ごめんね康貴にぃ」

「いいよ、特に大事なもんはないはずだし」

本棚にあったのは辞書やらアルバム、参考書とか去年の教科書くらいだ。

「でも康貴はこの手のもの、よく使う順に並べてるから」

よく見てるな……。

愛沙が手際《てぎわ》よく並べていくと、本棚は以前より欲しい物が近くにきて使いやすくなってる気がした。

「じゃあお菓子だー！」

「まなみが読んでた漫画《まんが》、そこの引き出しにあるぞ」

「ほんとっ⁉」

目を輝《かがや》かせるまなみ。引っ込み思案だったまなみが変わったきっかけの一つは、うちの少年漫画だった気もしている。これのおかげで話し相手や遊び方が男側に寄ったともいう。

「愛沙は……」

愛沙ってうちに来て何してただろうか……？

おとなしかったまなみは部屋の隅《すみ》で漫画に夢中になっていた記憶《きおく》があるが、愛沙が来たときに何をしてたか思い出せない……。

「気を遣《つか》わないでいいわよ」

持ってきたお菓子に手を付けながら足元に目を移す愛沙。見ていると出したままになっていたアルバムを開いている。

「そうか」

「懐《なつ》かしいな」

「そうね。ほんとにずっと一緒《いっしょ》だったのね」

当然部屋にあるのだから俺のアルバムだが、めくるページの全てに二人の姿がある。

運動会や入学式などのイベントはもちろん、おそろいでジンベエを着ている写真や、目《め》隠《かく》しをしてスイカ割りをしている写真、まなみはまだ抱《だ》っこされて口を開けて寝ていたりするものまで。

「これは……」

一緒に風呂《ふろ》で暴れている写真まで出てきて妙《みょう》な気持ちになった。

「あ！　懐かしー！」

ページが進んできた頃《ころ》にちょうどよく漫画を読み終えたまなみが加わる。

「キャンプ！　懐かしい！　また行きたいねー！」

「あー、そんなのもあったな」

藤野《ふじの》家、高西家は両家合同で毎年キャンプに行っていた。いつの間にかなくなったが夏といえばキャンプだったな。

「あら、いいわね」

「いつの間に入ってきたんだ……」

「ふふ、さぁ。あなたたち夢中になってるから気づかなかったのね」

母さんがお盆《ぼん》を片手に部屋に入ってきていた。これがあるから家に危険なものは置けないんだが……今はまあいいか。

持ってきてくれたジュースをありがたく受け取る。

「うん、あなたたちもまたこうやって話すようになったなら、今年はやりましょうか」

「なにを？」

「キャンプよ」

突然《とつぜん》の母の申し出。

「やったー！」

飛び上がるまなみ。

俺と愛沙は顔を見合わせるが、うちの親が言いだしたら止まらないことはよくわかっているので何も言わなかった。別に嫌《いや》なわけじゃないしな。

こうして両家の一大イベントが復活した。

キャンプ

「いやぁ、久しぶりだねぇ。愛沙《あいさ》ちゃん、まなみちゃん」

「あ！　おじさんだー！」

「お久しぶりです……」

キャンプの日はあっという間にやってきた。母さんがその気になって高西《たかにし》母に連絡《れんらく》、あとは両家の父親の予定次第《しだい》だったが、休みのタイミングはすぐに合ったらしい。

ちなみに俺と愛沙の関係より両家の両親同士の仲は良好だ。俺が知らない間に家庭教師の話がまとまるくらいには。

「じゃ、いくか」

愛沙たちは車で家《うち》まで来ている。運転手のおじさんが手を振《ふ》ってくれていた。

「あ、あんたはうちのじゃなくてあっちの車よ」

「は？」

なんで？

「うち、後部座席潰《つぶ》して二家族分の荷物いれてるの」

「え、聞いてないんだけど」

「まあ良いじゃない。早く行きなさい」

まじか……。うちの車も高西家の車もそんなに広いわけではない。

当然後ろに三人になると密着する。

「で、なんで俺が真ん中なんだ……」

「ごめんなさいねぇ、狭《せま》い車で」

「いやいや、それは全然……むしろお邪魔してすみません」

身軽ななまなみあたりを真ん中にすればよかったんじゃ……。

そう思っていると愛沙が声をかけてくる。

「康貴《こうき》、酔《よ》うでしょ？」

「あ、あぁ、なるほど」

俺はあんまり乗り物に強くない。前の景色が見えたほうが酔わないというのもある。

しかし愛沙、よくそんなこと、覚えてたな。

「ありがと」

「ん」

「ちょこちょこ休憩《きゅうけい》するからな。康貴くんは狭いかもしれんが我慢《がまん》してくれ」

「あ、すみません。ありがとうございます」

おじさんにそう声をかけられて出発となった。

◇

「まなみ？」

「……」

出発して五分も経《た》たず寝息《ねいき》を立て始めるまなみ。

「あらあら。康貴くんが隣《となり》だと安心するのかしらねぇ」

おばさんはそう言ってるが両親の前でもたれかかられるのはなんというか……緊張感《きんちょうかん》がある。

「心配しなくても、康貴くんにならうちの娘《むすめ》をやらん！　なんて言わないからな」

おじさんまでこんな調子なので余計いたたまれなかった。

愛沙がなぜか俺の服の袖《そで》をぎゅっと握《にぎ》ってきていた。心配しなくてもまなみを取ったりしないから安心してほしい。

◇

「着いたー！」

山道に入ったあたりで目を覚まし流れる景色を追いかけていたまなみが駆《か》け出す。

「大丈夫《だいじょうぶ》？」

「なんとか……」

うねる山道はまなみのテンションをあげたが俺の体調にはネガティブに影響《えいきょう》した。

「すまんなぁ、康貴くん」

「いえ、うちの車より絶対ましでした……」

なぜかハンドルを握るとテンションがあがる父親はこの山道も荒々《あらあら》しく駆け上っていた。

あれに乗ってたら着いた瞬間《しゅんかん》リバースだったと思う。

「康貴ー！　ちょっと休んだら荷物だすぞー」

「わかった」

男手は三人。しっかり働くとしよう。

◇

「なんで俺、一人なんだ……」

「手伝う……？」

「だめよー。愛沙ちゃんは料理の準備ー」

キャンプ場に来てまずやることと言えばテント張り。二家族なので二つある。普通《ふつう》に考えれば家族ごとにやるよな？　なんで俺の父親と愛沙たちの父親は二人がかりでテント張りをはじめたんだ……？

「康貴ー！　順調か？」

ハイテンションな父親に声をかけられる。

「しばらくかかりそう」

「だろうなぁ。まあこっちはこっちでやるから心配するな」

「俺の心配をしてくれ……」

結局手伝われることなくタープまで一人でやる羽目になった。きつい……。

テント張りは二人がかりのほうが圧倒《あっとう》的に効率が良い。一人だと押さえながら引っ張るとかそういう動きができずに、どうしても二倍以上の時間がかかった。結果……。

「いやー、うちの愛沙はもう、康貴くんがもらってくれないと厳しいなぁ」

「それこそうちの康貴のほうが厳しい」

「ははは！」

「おい！　酔っぱらいども働け！」

父親二人はすっかり出来上がっていた。

それでもまぁ、テントにタープにバーベキューの火おこしも終わらせてくれていたから
まぁ……いいか……いいのか……？

「康貴、もう火、大丈夫？」

「ああ」

父親組は火おこしだけはしたがそれ以降はほったらかしだった。テントを張り終えてすぐに火の番を任された俺のところに愛沙が材料を運んでくる。

意外なことにまなみもしっかり料理の準備をしている。ただ油断すると「この前動画で見たんだけどセミって食べられるんだってね！　康貴にぃ！」とか言ってくるので目を離《はな》せなかった。バーベキュー網《あみ》にゲテモノが並ぶのは避《さ》けたい……。

「しっかり頼《たの》むぞー、康貴」

「酔っぱらいはもう大人しくしててくれ……」

フランクフルトやら肉やらとうもろこしやら、特段こだわる必要のないものは俺が網に並べていく。

愛沙はなんかアヒージョっていうのか？　を準備したり魚介《ぎょかい》系を中心に網に載《の》せていった。まなみもカレーの具材を切っている。

「あれ、任せて良いのか？」

「多分……？」

母さんとおばさんも見ているんだが、二人とも割と悪ノリするタイプだ。カレーからセミが出てこないのを祈《いの》る……。

「お、まなみ。捕《つか》まえたのかー」

「えへへ！　すごいでしょ！　ほら！」

おじさんとまなみが話をしてる方に目を向けると——

「ぇぇ？」

「へび……」

「大丈夫だよ！　これ多分毒ないから！」

「多分じゃ困るだろ！」

「ははは。大丈夫大丈夫。こいつはアオダイショウだから毒はないよ」

おじさんが笑いながらまなみの握っていたヘビを受け取って腕《うで》で遊ばせ始める。

「で、食える」

「勘弁《かんべん》してくれ……」

まなみの父親なんだなという部分が垣間見《かいまみ》えたところで本格的に昼食のバーベキューが

始まった。

◇

「クライミング体験？」

昼飯を食べてキャンプ場の散策を始めると、気になる文字が見えた。

「クライミングってオリンピック競技にもなったやつ？」

「あー……ボルダリングとか……だっけ？」

ただそういう人工的な壁《かべ》は見えない。岩場を使ってやってるらしい。

「やる！」

まなみは基本的に身体《からだ》を動かすことは全部好きなのでノリノリだ。

「まあせっかくならやってみるか」

「そうね」

俺たちも別にいいかと軽い気持ちでエントリーする。

説明を受け、貸し出されたプロテクターやらを身につけて岩壁に挑《いど》む。

「あ！　意外と楽しい！」

「おお、難しいなこれ……」

インストラクターが軽々登ってみせるので簡単そうに思っていたが、実際やるとなかなかうまくいかず何度も下のマットに落ちることになった。

「さすがだな……まなみ」

「怪我《けが》しないかしら……」

見上げる先には反り返りすぎてほとんど地面と平行になった岩壁にしがみついてひょいひょい動き回るまなみの姿がある。なんで天井《てんじょう》にぶら下がるような形で動けるんだ……。

「頭より上に足があるって……」

「まあほら、まなみだから……」

半ば呆《あき》れるように見上げるのは俺たち以外の参加者も同じだった。

結局ほとんどの壁を攻略《こうりゃく》しきったまなみは賞状やら景品のお菓子《かし》やらを大量にもらってホクホク顔で帰ってきた。

「ほんとにすごいわね……」

「えへへー。夜一緒《いっしょ》に食べようねー!」

「あれ?」

戦利品の入った袋《ふくろ》をまなみから受け取ろうとしたところで違和《いわ》感に気づく。

「どうしたの? 康貴」

心配そうにこちらを見る愛沙だが、多分他人事《ひとごと》ではない。

「腕、めちゃくちゃ痛い」

普段《ふだん》使わない筋肉を酷使《こくし》した影響が早くも出ていた。

「え？　ほんとー？」

まなみはピンピンしてるが鍛《きた》え方が違《ちが》うというやつだろう。そしてその理論で言えば、一番まずいのは愛沙だ。

その愛沙を見つめると……。

「あ……これは……思ったよりきてるわね……」

案の定腕が上がらなくなっている。今までは楽しんでいたから感じていなかったわけだ。

「大丈夫か？」

「ん……いや……結構やばいかも……」

歩き方もぎこちなくなった愛沙に手を貸しながらテントに戻《もど》った。

◇

山は夏でも涼《すず》しい。

蝉《せみ》を始めとした虫の声も、普段と違ってうるさいというよりどこか風情《ふぜい》のある音ばかりになる。特に夕方を過ぎ夜になるとなおさらだ。

「で、あれどうするんだ？」

父親二人はそうそうに酔《よ》いつぶれ、広い方のテントで眠《ねむ》り始めている。

「二人ともああなったらしばらく起きないわねぇ。あっちのテントは私たちで使うから、あんたたちはあっちね」

「は……？」

「一応言っておくけど、愛沙ちゃんたちに手を出すならちゃんと責任取るのよ……？」

「いやその注意はどうなんだ？」

ほうけている間に母さんは向こうのテントに行ってしまう。

「ん？　どうしたの康貴？」

「いや……俺ら、同じテントらしい……」

「え……？」

固まる愛沙。そりゃそうだよな。いくら寝袋《ねぶくろ》があっても狭《せま》いテントに男といるのは嫌《いや》だろう。

「俺、もっかい母さんに」

「んーん。それは大丈夫《だいじょうぶ》」

まだ起きてるだろう母親に言って代わってもらおうとしたが愛沙に袖《そで》を掴《つか》まれる。

「いいのか？」

「ん。それに、まなみが……」

「あー……」

まなみがお菓子の袋とトランプを持って目を輝《かがや》かせているのを見て、愛沙と俺は覚悟《かくご》を決めた。

◇

まなみに誘《さそ》われるがまま、狭いテントに三人が身を寄せ合っておやつをつつく。

「楽しいねー！　お姉ちゃん！　康にぃ！」

「そうね」

「そうだな」

久しぶりのキャンプにまなみは一日テンションが高い。一人だけ移動中寝ていたのを差し引いても放っておいたら明日の朝まで平気でゲームに誘ってきそうな勢いだ。いや実際には突然《とつぜん》力尽《つ》きて寝落ちしそうだけどな。少なくとも昔はそうだった。

「あ、革命⁉」

「えっ？」

「ふふふ。お姉ちゃんが強いカードばかり残してたのは知ってたのさー！」

「革命返し」

「ええええええぇええ！　康にぃ！　ずるい！」

「ずるくないだろ。あがりだ！」

「むー！」

「あ、この順番なら私もあがりね」

「えええ？」

「ふふ」

まなみが負ければ次のゲームになる。逆に言えばここまでひたすらまなみが勝ち続けてきたということだ。運動もそうだが好きなものに関しては異様に強いからな……まなみは。

「むむっ！　じゃあ次はこれです！」

「その前に、そろそろ寝る準備もしましょう」

「えー、寝るの？」

「まだ寝なくてもいいけど、まなみは突然スイッチが切れたように寝るでしょ」

「にゃははー」

愛沙も同じことを考えていたらしい。

本当についさっきまで騒《さわ》いでたのに糸が切れたようにバタッと寝ることが結構あったのを覚えてる。さすがにこの歳で……とも思ったが愛沙が言うならまだそのままなんだろう。

「これ、まなみの歯ブラシ」

「ありがとー！」

「タオルは持った？」

「はーい」

普段の二人の様子が垣間見える気がした。ここ最近は俺にもこういう一面を見せてくれるようになったのはこう、なおさら家族感が強くなった気はする。

「康貴は準備できた？」

「あ、あぁ」

あれから両親たちはテントから出てきた様子はない。あっちのテントは広いし快適そうだ。

父親二人は朝早くから運転で疲《つか》れてるしな……。いや、うちの父親は楽しそうだったけど、まぁ眠いのは眠いだろう。

「じゃ、行きましょ」

水場までは足場の悪い中そこそこの距離《きょり》を歩く必要がある。懐中《かいちゅう》電灯を持って二人とテントを出た。

◇

「誰《だれ》もいないねえ」

そう言いながら踊《おど》るように歩くまなみ。本当に何でも楽しそうだ。

キャンプ場の水場は数少ない灯《あか》りがある施設《しせつ》。夜は必然的に虫が集まってくるんだが、まなみにとってはそれすら面白《おもしろ》いようだ。

「さすがにちょっと気持ち悪いな……」

「康貴までまなみみたいになられたら困るわ……」

そう言って顔を洗い始める愛沙。

化粧《けしょう》とか、がっつりしてるイメージはないにしてもまったくしてないなんてことはない、と、秋津《あきつ》に聞いたことがある。そのあたりいいのだろうか？

いやそもそもクライミングのあとにシャワーを浴びてから化粧してるかどうかもわからないんだが……。

「どうしたの？」

「いや、まぁいいか」

不思議そうにしながらもそのまま顔を洗う愛沙。気にしてないならいいだろう。

俺も歯を磨《みが》き始めようと動き出したところで再び筋肉痛が襲《おそ》ってきた。

「歯磨きはダメなのか……」

ここまで色々作業をしてきたが腕《うで》に来る基準はわからなかった。何かを押したり引いたりは意外とできるんだが、ものを持とうとするときつい。

晩飯がカレーで助かったと思う。箸《はし》を使えたかと言われたら怪《あや》しい……。少し落ち着いたが飲み物すら持つのがしんどかったくらいだ。

「康貴……もしかして……」

「多分愛沙もなるぞ」

俺より影響《えいきょう》がひどいのは愛沙だ。絶望的な表情を浮《う》かべる。

「んー？　んーんんー？」

まなみが歯ブラシを口に突《つ》っ込んだままどうしたの？　と聞いてくる。

「いや、筋肉痛でな。多分愛沙、歯磨きめっちゃ時間かかるぞ」

「んー！」

「一回口ゆすいできたらどうだ……？」

まなみが何か喋《しゃべ》ろうと必死になっている。促《うなが》すとすぐに口をゆすいで戻ってきた。

「康にぃが歯磨きしてあげたら良いんじゃない？」

何を言い出すんだ……。

「お姉ちゃん！　お姉ちゃん！」

呆れているとまなみが愛沙を引っ張って何か耳打ちしている。

愛沙から小声で「ほんとに……？」とか聞こえている。良からぬことを吹《ふ》き込まれてるのは間違いない。

「愛沙、何言われたかわからないけど」

「康貴、ちょっとお願いしようかなと思うのだけど……」

まじか……。

「……いや？」

その聞き方はずるいと思う。

「やっぱりちゃんと歯は磨いたほうがいいから」

「まぁ、それはそうか……」

口を開けて上目遣《うわめづか》いの愛沙にドキドキする。

「はい。康にぃ」

「あぁ……」

歯磨き粉《こ》のついた歯ブラシをまなみに渡《わた》される。

人に歯磨きなんかしたことないぞ……どうすればいいんだ……。

「ほらほら！　はやくはやくー！」

「わかったよ」

不安そうな愛沙の表情とまなみの声に急《せ》かされ歯ブラシを愛沙の口に入れる。

「んっ」

「痛かったか？」

「んーん」

大丈夫だと目で訴《うった》える愛沙。奥歯から少しずつ、磨いていく。なんだこれ……緊張《きんちょう》する。

「大丈夫か？」

「んっ」

喋れない愛沙は妙《みょう》に子供っぽいなと思っていたが、徐々《じょじょ》に頬《ほお》が赤らんできて涙目《なみだめ》になってきて変な色気がある。

顎《あご》に手を添《そ》えてるせいで距離も近いし色々やばい……。

「はいっ！　終わり！」

「んんんー！」

「お礼はいいから早く口をゆすいでこい」

なんで歯磨きだけでこんなドキドキするんだ……。

愛沙が離《はな》れてホッとしているとまなみが近づいてきて耳元に顔を寄せてくる。

「ね。良かったでしょ？」

何も答えられず黙《だま》り込むしかなかった。

◇

テントに戻《もど》りしばらくボードゲームを遊んだあと、それぞれ寝袋《ねぶくろ》に入ることにした。

「恋《こい》バナ！　恋バナ！」

「まなみそれ、何のことだかわかって言ってるか？」

「失礼なっ⁉」

まだ遊ぶと騒いでいたまなみを寝かせるために、こういうときは布団《ふとん》に入って恋バナをするのが定番だと吹き込んでからこんな調子である。

いまさらこの三人で話しても……いや、二人は結構色々話が出てくるかもしれない……。

毎日のように告白を受けてるわけだし。

「私たちは特に何もないけれど、康貴のが気になるわね」

「わたしもわたしも！」

「いや、二人と違《ちが》って何もないから……」

ほんとになにもない。驚《おどろ》くほどなにもない。中学から通してその手の話にずっと縁《えん》がなかった。

「ほんとにー？　康にぃ、私のクラスの子に連絡《れんらく》先聞かれてたでしょ」

「えっ」

愛沙がなぜか起き上がろうとして寝袋に引っかかってこけていた。何してんだ……。

「あれは応援《おうえん》団の連絡で必要だからだよ」

「えー……でもあれ、絶対それだけじゃない顔だったんだけどなぁ……」

本当にそうなら二学期からの活動に少し期待しておくとしよう……と思ったがなぜか愛沙に睨《にら》まれてるので考えるのをやめよう。

「康貴、莉香《りか》子とも仲良いわよね？」

「莉香子ってこないだ腕くんでたお姉さん？」

「あれは別の人」

「康にぃ……」

いや、なんで責められてるんだ……。どっちもこう、誰にでもそういうことするだけだろう……。

「秋津は誰にでもそうだろ」

「んー……莉香子、誰にでも声はかけるけど、あんなくっつくのは康貴だけな気も……」

それはきっと愛沙の身内、くらいの認識だから気を許してるんだと思う。

「むー……康貴にぃ、やっぱり色々ある……」

「いやいや……」

これで色々だとしたら進展がなさすぎる……。

万が一俺が秋津に惚《ほ》れたりしてもあいつのことだから察してそれとなく諦《あきら》めるように促してきたりするはずだ。そんなことになったら割と立ち直れないと思う。

「二人こそ、毎日のように告白受けてるけど誰もいい相手いないのか？」

「んー、私は半分くらい女の子だしなぁ」

まぁまなみはそうか。スポーツで勝利の女神として活躍《かつやく》する様子は男女問わずかっこいいと思わせる魅力《みりょく》がある。普段《ふだん》の姿を知ってるとあんまりしっくりこないが。

「愛沙は？」

「私？」

「結構告白されてるだろ……」

「お姉ちゃんは興味ない人のことは覚えてないから、告白されててもあしらって覚えてないよー」

さすがにそれは……。いや愛沙だしな……。

「そんなことないわよ！　ちゃんとひとりひとりお断りしてるから」

「誰かいい相手いなかったのか？」

これだけ告白を受けて首を縦に振《ふ》らないとなると愛沙の求める人物像が読めない。

最近一緒《いっしょ》にいることも増えて嫌《いや》でも愛沙の魅力は伝わってきている。油断すればすぐにでもその気になってしまいそうなくらいには……。

ただちょっと、こういうところを見てるとハードルが高すぎるなぁ……。

「「はぁ……」」

「なんで……？」

ヒントになる相手でもいないかと思って聞いてみたが、二人の反応は白けたものだった。

「ま、康貴はしばらく大丈夫《だいじょうぶ》ね……」

「そうだね、お姉ちゃん」

「「はぁ……」」

俺にはわからない部分で理解しあった姉妹二人に改めてため息をつかれて、キャンプ一日目は幕を閉じた。

◇

キャンプは一泊《いっぱく》二日。つまり今日が二日目にして最終日だ。

「今日はどこか行くんだっけ？」

起きたらもう愛沙はテントの外で朝食の準備までしてくれていた。作ってくれた朝食を食べながら聞く。

「んー、特に決めてないんじゃないの？」

未《いま》だ出てこない父親たちの眠《ねむ》るテントを見ながら答える愛沙。

母さんたちはとっくに起きて散歩に出たらしい。メッセージでしばらく戻らない旨《むね》が伝えられていた。

「ちゃんと眠れた？」

調理をしながらエプロン姿の愛沙が声をかけてくる。

「ああ」

愛沙たちを意識すると眠れないかと思ったが、俺も昨日は朝早くから起きていたのとクライミングやら何やらでいい感じに疲《つか》れていたので自分でもびっくりするくらいすんなり眠れた。まなみのことを笑えないなと思うくらいだ。

ちなみに、まなみはあの後どうしてもと言って始めたボードゲーム中に案の定船を漕《こ》ぎ始めたので愛沙と二人で寝袋に突っ込んだ。いまも幸せそうに眠っている。

「あ、メッセージだ」

愛沙に言われて携帯《けいたい》を見ると母さんから連絡が来ている。

内容を確認するより先にまなみがテントから飛び出してきた。

「おっふろー！」

「おふろ……？」

いや、それより——

「まなみ、服をちゃんと直してから出てきて」

「わわっ、押さないでお姉ちゃっあっ！」

ちらっと見えたまなみは多分、下はパンツだった。寝袋の中で脱《ぬ》いでそのままだったんだろう。

「見た？」

「いや……」

「そう。ピンクだったのにね」

「え？　青じゃなかった？　……あ」

ジト目で愛沙に睨まれた。いやこれ、俺が悪いのか……？

「はぁ、まなみももう少し気をつけさせないとね……」

「それはよろしくおねがいします」

一段落して携帯を確認する。まなみの言葉の通り近くにあった風呂《ふろ》に行こうというものだった。

混浴じゃないから期待しないように、と書いてある。そりゃそうだろ……。

「じゃ、片付けて、お風呂行って、おしまいかぁ」

愛沙がつぶやく。

そう考えるとなんか、寂《さみ》しくなるな……。

「まだ夏休みは始まったばっかだろ？」

「康貴がどこかに連れてってくれるのかしら」

首をかしげて微笑《ほほえ》む愛沙にドキッとする。

「……どこ行きたい？」

「え？　ほんとに……？」

多分、どうせ、この夏休みは愛沙とまなみと過ごす時間が増えることはなんとなく感じている。

だったらまぁ、今決めても一緒だろう。

「康貴にぃ！　私も！」

テントから飛び出してきたまなみに抱《だ》きつかれる。

「こら！　まなみ」

「んー？　お姉ちゃんもぎゅってする？」

背中に抱きついてぶら下がったまま声をかけるまなみ。まさか愛沙がそんなことをするはずはないだろう……。

「康貴が困ってるでしょ」

「えー。康にぃ、困ってる？」

「えーっと……」

答えにくい……。

「康貴……早くまなみに困ってるって言いなさい……」

愛沙はそう言うが楽しそうなまなみに言うのはためらわれた。

「言わないなら……私も抱きつくから……」

「それは……」

どんな脅《おど》しだ……。いやでも愛沙に抱きつかれるのは色々やばいと思う。

まなみですら最近少し身体《からだ》つきが女っぽくなって意識させられそうになるというのに……。

「で、どうするのっ！」

愛沙がぐいっと近づいてきた。

「わかった。ほら、まなみ、やめろ」

「えー……もー」

しぶしぶ離《はな》れるまなみ。良かった……。これで愛沙も満足——

「そんなに嫌だったのね……」

なぜか少し拗《す》ねた様子で口を尖《とが》らせていた。

どうすれば良かったんだ……。

看病

愛沙《あいさ》が風邪《かぜ》を引いた。

「ごほっ……康貴《こうき》……伝染《うつ》るから……」

「こんな時に気を遣《つか》わなくて良いから寝《ね》てろ」

おじさんは休みを取ったばかりなので仕事へ、母さんたちはキャンプでは足りなかったらしく二人で旅行に出たばかりだ。

「大したことないから……」

「三十九度は大したことあるんだよ！　いいから寝てろ！」

「ごほっ……ごめん……」

◇

『康貴にぃ助けて』

まなみからのメッセージが来たのは昼過ぎだった。何事かと思って電話したら泣きそうな声でまなみがこんなことを言った。

「お姉ちゃん……しんじゃう……」

「ええ？」

「ごほっ……ただの風邪で勝手に殺さ……ケホ……ないで」

電話の奥から愛沙の声がか細く聞こえた。

「なるほど……今から行くからまなみは愛沙がふらふら動かないように寝かしつけといてくれ」

「うん！　早く来てね？　康にぃ……」

「私は別に……けほ……大丈夫なのに……」

◇

というわけで高西《たかにし》家に来た。

愛沙が体調を崩《くず》すのは久しぶりだったらしくまなみのほうが心配になるほどオロオロしていた。

「落ち着け」

「うー……うー！」

落ち着かないようで俺に頭をこすりつけるように頭突《ずつ》きをしてくる。地味に痛い。

「けほ……ごめんね……康貴……」

途中《とちゅう》で買ってきた栄養ドリンクとスポーツドリンクを与《あた》え、熱冷ましをおでこに貼《は》る。

「いいから寝ててくれ。りんごも買ってきたからちょっと台所借りるぞ」

「うん……」

愛沙の頭に軽く触《ふ》れてその場を離れる。

「康にぃが来てくれて良かったぁ……」

「まなみ一人でも看病できるようになってもらうからな。今回ので覚えとけ」

「はーい……お姉ちゃん、すぐ戻《もど》るからね」

台所までまなみと一緒《いっしょ》に降りてりんごの準備をする。ばたばたと皿やらスプーンやらを
まなみに準備させながらりんごをすり下ろす。意外に疲れるなこれ……。

「はちみつ入れてみたけど、どうだ？」

「んー？」

スプーンを渡《わた》そうとまなみに向けるとそのまま口を近づけてきてくわえられた。

「もうちっと甘くてもいいかも？」

「でも食べるの愛沙だぞ？」

「お姉ちゃん、結構甘いもの好きだよ？」

そうなのか……。紅茶を飲むときも砂糖は入れたりしてなかったから甘いのは控《ひか》えてるかと思ってた。

「じゃ、もうちょい入れるか」

「あーん」

「いや……」

「味見は大事！」

結局三回はちみつを足した。三回まなみにあーんをさせられたということでもある……。

まぁ不安そうにしていたから甘えたくなった、ということにしておこう……。

◇

「愛沙、入るぞ」

「んぅ……」

「寝てる？」

「入ろ入ろ！　康にぃ！」

まなみが率先《そっせん》して扉《とびら》をあける。愛沙は苦しそうな表情で眠《ねむ》っていた。

「うなされてるな……」

「優しく起こしてあげるか、撫《な》でてあげたら良いと思う！」

「起こすか」

「優しくしてあげるか、撫でてあげたら良いと思う！」

まなみが言い直す。優しくしてあげるってなんだ……？

「んう？」

ベッドのそばでまなみと騒《さわ》がしくしてしまったからか愛沙が寝返《ねがえ》りをうつ。

苦しそうな表情にとれかけの熱冷ましと汗《あせ》が妙《みょう》な色気を醸《かも》し出していた。

「ほらほら、康にぃ」

「わかったわかった……」

まなみに促《うなが》されるまま愛沙の頭に手をやる。

「んっ……」

うなされてた表情が柔《やわ》らかくなってくれた、気がする。

「さすが康貴にぃー！」

「はいはい。起きるから静かにな」

「はーい」

しばらく頭を撫で続ける。すると少しずつ愛沙の身体がこちらへ傾《かたむ》いてきて……。

「あ……」

見えてはいけないものが露《あら》わになった。

「あちゃー……」

寝返りと同時に布団がめくれる。そこまではいい。問題は愛沙の格好にあった。

「康にぃ、ちゃんと目を瞑《つぶ》ってて偉《えら》い！」

まなみには褒《ほ》められたがまぶたの裏にしっかりといまの愛沙の姿が焼き付いているから罪悪感が消えない……。

「暑かったんだねぇ、お姉ちゃん」

布団の中の愛沙は、パジャマのボタンをすべて外していた……。寝ていたので当然といえば当然なんだが、下着もつけていなかった……。

ごめん……愛沙……。

心の中でそうつぶやきながらまなみが服を整えるまで目を瞑って待った。

◇

「康貴……見たのね……」

なんで言ったんだまなみ……。

愛沙はまなみが服を整えていると途中で目を覚ました。もうついでに身体を拭《ふ》いて着替《きが》えたほうがいいだろうということで俺は部屋の外に出ていたわけだ。

戻った第一声がこれである。

「えへへ」

まなみを見ると片目を瞑ってごまかされた。

「えっと……」

「いい……から……なるべく早く忘れて……」

顔を背《そむ》け、でも俺の服の裾《すそ》を掴《つか》みながら愛沙が言う。

「お、おう……」

それは無理というか……しばらくは絶対頭から離れないと思いながら、答える。

無理やり話題を変えよう。

「顔色は少し良くなったか？」

「あ……」

さっきまでの感覚で普通《ふつう》におでこに手を持っていったら愛沙の頬《ほお》が少し赤くなる。

「まだ熱はあるな」

「ほら！　康にぃ、りんごりんご！」

「ああ、食べれるか？」

「うん……」

まなみがなぜか皿とスプーンを俺に渡してきた。距離《きょり》的に愛沙に近いまなみが直接渡せば良いのではないか……？

「お姉ちゃん、自分で食べるのしんどいよね？」

「え？」

「しんどい、よね？」

「え？　ええ……まぁ……？」

戸惑《とまど》いながら答える愛沙。

「ほら！　康にぃ！　食べさせてあげなきゃ！」

「あ、あぁ……」

皿と愛沙を交互《こうご》に見る。

「えっと……」

「ごめんね、康貴……お願いしていい？」

「お、おう……」

熱のせいだろうか……愛沙が妙に素直だ。

スプーンを口元に持っていくと、愛沙が口をあける。

「あーん」

「それをわざわざ口に出すとことかは、姉妹だなぁ」

りんごを口に運ぶ。

「ん……甘い……」

「やっぱり甘くしすぎたよな……」

好みじゃなかったかと思ったが、愛沙は俺の手を握《にぎ》って微笑《ほほえ》んだ。

「おいしい……ありがと」

髪《かみ》も乱れ、顔色も良いとは言えないその笑顔が、ここ最近で見た愛沙の表情の中で一番魅力《みりょく》的に見えた。

◇

「あーん」

「……もうない、愛沙」

「もっと……」

ダメだこれ……。熱のせいで壊《こわ》れてる……。そしてこの状態の愛沙は破壊《はかい》力が高すぎる……。

幼児退行してるだろこれ……。まだ熱があるのに無理に身体《からだ》を起こしたせいだきっと。

「寝《ね》とけ愛沙……」

「むー……」

ちなみに手に負えないことを悟《さと》ったまなみは早々に自室に引き返している。裏切り者め……。

「康貴にぃー！」

「なんだ裏切り者……」

「えぇー！　なんで!?」

恨《うら》みがましくまなみを睨《にら》むがどこ吹《ふ》く風でまなみは言葉を続ける。

「あのね、父さんたちも旅行先に合流するんだって」

「そうなのか」

「で、康貴にぃが心配だからどっちかの家でご飯食べなってー」

なんで俺が心配されてるんだろう……。

「愛沙の風邪《かぜ》のこと、言ってないのか？」

「うん！　心配かけると旅行楽しめないからって、お姉ちゃんが」

愛沙を見る。

「お前……」

「えへへ……」

ただえへへじゃない」

ただえへへはずるいと思う……。赤い顔でやられるとまなみのと違《ちが》って何かこう、くるものがある。

「と、いうことで康にぃは泊《と》まりでーす」

「いや、泊まりとは言われてないだろ……」

「ご飯は任せてー！」

「いや、お前料理できないだろ」

まなみが部屋から飛び出していこうとするので慌《あわ》てて追いかけようとしたが、愛沙に腕《うで》を取られて動けなくなっていた。

「愛沙……」

「だめ……？」

それもずるい……。今日はとことんずるいな……愛沙……。

「いや、だめではないんだけどな……」

「うん……」

「あいつに飯、まかせて良いと思うか？」

「……」

黙《だま》って手を離《はな》す愛沙。後ろ髪《がみ》引かれる思いはあったが俺はまなみを追いかけた。

生命《いのち》に関わることだからな……。

◇

「あ、康貴にぃ、ピザがいい？　お寿司《すし》がいい？」

リビングに行くとチラシを広げたまなみがいた。

最初から作る気はなかったらしい。

「どっちも病人には食わせられんだろ」

「え？　それは康貴にぃが作るんでしょ？」

こいつ……。

「よし、まなみ。おかゆの作り方を教えてやるから作れ」

「えー……」

「その代わり俺とまなみの分はオムライスを作ってやろう」

「ほんとっ？　ふわふわ？」

「ふわふわにしてやろう」

「わーい！　やる！」

　好物は変わらないんだなぁ。

　人の家の冷蔵庫を開けるのはためらわれるがまぁ、今日は許してもらおう。

　たまごはある、ケチャップもある。最低限のものはできるだろう。

　ネギがあったから愛沙のおかゆにいれよう。

「康にぃー！　何からすればいいのー？」

「米とぎ、できるな？」

「任せろー！」

　野菜室を開けたら玉ねぎがでてきた。肉はなかったがウインナーがあったからそれにしよう。まなみはむしろ好きそうだし。

「康にぃー！　三合でいい？」

「そんなに……いやいいぞ」

　まなみは下手《へた》したら二合くらい食べかねない。ほんとよく太らないなと思うが、人の三倍は動き回ってるからな……。むしろ愛沙のほうが肉付きは良――やめようなんか殺気を感じた。

「じゃ、おかゆの作り方を説明するからよく聞け」

「はーい！」

玉ねぎを切りながらまなみに説明しようとそちらを見ると、なぜかまなみは部屋の端《はじ》っこからひょこっと顔を出していた。

「遠い……」

すでにまなみは台所を離れてリビングからこちらを見ていたわけだ。

「だってすぐ目ぇ痛くなるんだもん！」

「はぁ……」

先の思いやられる料理教室が幕を開けた。

◇

「ずるい……」

出来上がったオムライスを見つけた愛沙に恨みがましく睨みつけられる。もうリビングに来られるくらいには回復したらしい。

せっかくなので一緒《いっしょ》に食卓《しょくたく》を囲むことにしたんだが……。

「愛沙は治ったら」

「……約束」

そう言うとしぶしぶおかゆに口をつける。

「あ……美味《おい》しい……」

一口食べた途端《とたん》、若干機嫌《じゃっかんきげん》が悪そうになっていたのが嘘《うそ》のようにパッと顔が華《はな》やいだ。

「良かったぁ……」

「え？　これまなみが作ったの？」

目を丸くしてまじまじおかゆとまなみを見比べる愛沙。

「ほとんど康貴にぃに手伝ってもらったけどねぇ……」

「すごい……頑張《がんば》ったのね……」

「えへへ」

うんうん。まなみは頑張ってたからな。

炊いた米では足りず冷や飯を一つダメにするくらいには試行錯誤《さくご》があった。あれもしっかりスタッフが美味しく頂きました……正直高西家に来て一番しんどかった作業かもしれない……。

ただその甲斐《かい》あって俺たちが自分で食べても美味しいと思えるおかゆを作れるまでに成

長してくれた。

「作り方は教えたけど、ほんとに全部まなみがやってるからな」

「そう……すごい……ありがとう、まなみ」

「えへへへへぇ」

まなみを見て微笑む愛沙は優しい表情だった。

◇

「じゃ、康貴にぃ、私たちお風呂《ふろ》に入ってくるから」

「おう、そしたら俺は帰るか」

「「え？」」

「え？」

愛沙とまなみが揃《そろ》って信じられないという顔でこちらを見てくる。

なんでだ。

「康貴にぃからお風呂入る……？」

「いやいや」

「じゃあ……一緒に……？」

愛沙までおかしくなっていた。

「もう大丈夫《だいじょうぶ》だろ？　明日も来るからさ？」

「もう、布団出した」

「病人が何してんだ……」

「ほらほら、お母さんたちからもメッセージ来てたじゃん？　康にぃ？」

「いや……飯まではそうだけど……」

「……」

無言で見つめてくる二人の瞳《ひとみ》が不安そうに揺《ゆ》らいでいる。

「はあ……とりあえず風呂から出るまではいるから……元気なうちに行ってこい」

「「うん！」」

結局勢いに負けて二人を送り出した。

俺はリビングのソファでテレビを見て待つことになった……。落ち着かないから洗い物でもしたいんだがそうすると風呂場に近づくことになるのでなんとなくそれは避《さ》けたい。

「いたたまれない……」

バラエティ番組にもほとんど集中できずにいたが、それでも意外と時間は経《た》ったようで風呂の扉《とびら》が開いた音がした。

「久しぶりだったねー、一緒に入ったの」

「そうね」

洗面所から声が漏《も》れてくる。

「お姉ちゃん、ほんときれいな身体《からだ》だよねぇ」

「ひゃっ！　ちょっとまなみ？」

「ふふふ……良いではないか良いではないかー！」

「ちょっと！　こら！」

「だってさー、私は全然育たないのにおっぱいもこんなに……」

「ひゃんっ！　ちょっと？」

テレビの音量をあげた。

「あ、康貴にぃー！」

「ん？」

「ごめんー、着替《きが》え忘れちゃったの！　取ってきてくれる？」

「は？」

今なんて言ったこいつ……？

◇

洗面所の扉越《ご》しにまなみが叫《さけ》ぶ。

「早くしないと風邪《かぜ》悪化しちゃうよー！」

「わかったわかった！　なんだどこにあるんだ？」

「えっとねー、私のはいつものタンスの三段目！　二段目に下着！」

まさかこいつ……下着も持って来させる気じゃないよな？

「待て、下着も持って来いとか言わないよな……？」

「え？　だって下着がないと」

「康貴！　下着は洗濯機《せんたくき》に乾燥《かんそう》したのが入ってるから！　そっちはいいから！」

「あ、ああ、わかった」

良かった……。愛沙がいてくれて……。

「ほんとにごめんね……私のはベッドの下の引き出しの右側にあるんだけど……」

「けど……？」

「あ、お姉ちゃんパジャマと下着同じところに入れてたもんねー」

おいおい……。

「ごめん……康貴……」

「いや……見ないようにするから……」

「うん……」

やりづらいことこの上ないが、早くしないと確かに風邪も悪化する……。

心を無にして二人のパジャマを取りに行った。

まなみの方はあっさり終わったんだが問題は愛沙だ。

そもそも部屋に勝手に入るのもためらわれるのに……いやまあ言ってる場合じゃないから入るけど……。

「これか……」

綺麗《きれい》に畳《たた》まれすぎていて見えている部分に下着感がないのは助かった……。

ただなぜかタグだけがちらっと見えてるのがあってより一層心を無にする必要ができたのは愛沙を恨《うら》まざるを得ない……。

Dとか見えた気がしたけど気にしない。

「俺は何も見ていない。見てないんだ……」

選ぶ余裕《よゆう》もなく手にとったパジャマっぽいものを持って階段を降りた。

足音で気づいたらしいまなみが待ちきれないと言わんばかりに声をかけてくる。

「ありがとねー！」

「ああ、ここに置いて離《はな》れるから少ししたら」

必死に二人が一番不安にならずに済みそうな方法を説明しようとする。

だが――

「え？」

「え？」

待ちきれなかったのか意思の疎通《そつう》が図《はか》りきれなかったのかわからないが、まなみが扉を開けてしまった。「バスタオル巻いてるから大丈夫」とか言いかねないけど……。

いやまあ全開というわけでもないし角度によっては大丈夫だと思ったのかもしれない。

ただその角度も絶妙《ぜつみょう》にダメな位置関係だったし、いずれにしてもまなみの頭に愛沙の状《じょう》況《きょう》を確認する余裕はなかったのは間違《まちが》いない。

「あ、ごめんお姉ちゃん！」

そこには顔を真っ赤にした愛沙がいた。救いは身体が向こうを向いていたことだろう。

ただそのせいできれいな背中とお尻《しり》がバッチリ見えてしまっている。

素早く着替えを渡《わた》して俺はその場を離れた。

「？？？？？？？？？？？？っっっ！」

「わー！　お姉ちゃんごめんって！　大丈夫！　康貴にぃはいい人だから見てないよ！」

洗面所から聞こえる声にならない叫びと虚《むな》しく響《ひび》く慰《なぐさ》め。

ごめんまなみ……今回のもしっかり、目に焼き付いてしまってる……。

「もうお嫁《よめ》に行けない……」

「そのときは康貴にぃがもらってくれるから！」

「ほんとに……？」

「うんうん！　康貴にぃなら大丈夫！」

今の出来事で熱が上がったのか、愛沙がまた幼児退行してしまっていた。

◇

しばらくソファで待っていると二人がようやく出てきた。

出てきたのは良いんだがなぜか俺は正座させられて二人の前に座らされていた。

「康貴にぃ、お姉ちゃんの裸《はだか》を見た罪は重いです」

まなみが前に立ち愛沙が後ろでコクコク頷《うなず》いている。

というか愛沙はなんでダボダボのTシャツ一枚だけなんだ……裾《すそ》を必死に引っ張って伸《の》ばしているが色々際《きわ》どすぎる……。俺、ちゃんと下も持ってきたよな？　あれ？　しっかり確認してないから自信はないな……。

「ちゃんと聞いてますか！　康貴にぃ！」

「はい！」

「お姉ちゃんに見惚《みと》れてる場合じゃないよ！　こんな際どいのしか持ってこないなんて！」

「いやわざとじゃ……」

愛沙が裾を引っ張ったままななみの後ろに隠《かく》れるように一歩下がる。やっぱり俺が持ってきてなかったせいらしい……。いやわざとじゃないんだ。

「とにかく！　康貴にぃは私たちの要求をのむ義務があると思います！」

一歩下がったものの愛沙もコクコク頷いて参戦してくる。

「えっと……今度埋《う》め合わせをするので……」

「だめです！」

「だめなのか……」

どうすればいいんだ……。

「康貴にぃはさっきなぜか帰ろうとしてましたが今日は帰しません」

コクコク頷く愛沙。いいのか？　裸を見た罪は重いとかいうなら普通《ふつう》、遠ざけるものなんじゃないのか……。

「というわけで、康貴にぃはお風呂《ふろ》に入ってくること！」

「いや、着替えとかさ」

「キャンプのときの荷物、うちに置いたままでしょ！　洗濯してあるよ！」

そういえばそうか……。帰りは愛沙もまなみもうちの車で帰って荷物を高西家の車に積んだんだった……。

「いや……えーっと……」

俺としても愛沙の裸を実質二回も見ておいて平常心が保てる自信がない。

「康貴、いや……？」

それまで後ろに下がって裾を引っ張るだけだった愛沙が声をかけてくる。ほんとに愛沙、ずるいよなぁ……。

「いやでは、ないけど……」

「はい！　じゃあお風呂に入ってきてくださーい！　あ、シャンプーとか説明するね！」

まなみに引っ張られるままに風呂場に向けて歩き出す。

去り際になぜか知らないけど何か言わなきゃと思って愛沙にも声をかけた。

「愛沙！　暖かくするんだぞ！」

なんだ今の、おかんか。

「ふふ……ありがと」

「はいはい行くよ康にぃー！」

引っ張られるようにまなみに風呂場に連れて行かれた。

「これがボディソープだけど、こっちに普通の石鹸《せっけん》もあるよ」

「どう使い分けてるんだ？」

「さぁ……？」

まなみは適当である。

「で、シャンプーとコンディショナーはこれがお姉ちゃんので、これが私とお母さんので、これがお父さんの」

「え？　なんで三つもあるの？」

「さぁ……？」

まなみは役に立たない。

「で、どれ使って良いんだ？」

「どれでもいいんじゃないかなぁ？　あ、お姉ちゃんの使ったらお姉ちゃんと同じ匂《にお》いが一日楽しめるかも？」

「なんだそれ……」

その理論でいくとまなみとも同じことが言える。そう思うとやたら距離《きょり》の近いまなみの髪《かみ》からの匂いも意識させられてしまった。

いやでもこれ、絶対シャンプーだけじゃないよなぁ……。俺が同じもの使ったってこうはならないだろ。なんで女子ってこう、不思議といい匂いになるんだ……？

「康にぃ、さすがに風呂《ふろ》上がりでもちょっとはずい……」

「あっ、わるい……いや別に他意があるわけでは……」

しどろもどろになるが他意がないっていいのか？　この場合悪いのでは？

「私の匂いが良かったならこれ使えばいいと思うよー！」

「あ、あぁ……」

「はーい。じゃ、出たらお姉ちゃんの部屋に来てねー！」

「わかった」

そう言って洗面所から出るまなみ。

すこし頭を冷やす意味で、一人になれたのはありがたかったかもしれない。

「あ！　康貴にぃ！」

「おい！　もう脱《ぬ》いでるから!?」

「あっ、ごめんごめん」

「なんなんだ……」

ほんとに自由だな、脱いだのが上半身だけでよかった……。

「お背中、流しましょうか？」

「早く上に行ってくれ……」

「むふー！　はーい！　また後でねー！」

ほんとにまなみは……。

あいつはやりかねないし、ブレーキ役の愛沙はいま動けない……。

襲撃《しゅうげき》に怯《おび》えながらの風呂はあまり落ち着かなかった。

◇

風呂上がりに冷蔵庫から勝手にお茶をもらって愛沙の部屋へ向かう。

扉《とびら》が閉まっていたのでノックをしたら中からバタバタという音が聞こえてきた。

「康貴にぃ！　早くない？」

「男の風呂なんてこんなもんだろ」

「そかそか、ちょーーーっと待っててね！　片付けるから！」

何をやってるのか知らないがバタバタと聞こえてしばらくして、向こうから扉を開いてくれた。

「ようこそ……」

「ああ……」

愛沙はあの際どいパジャマのまま俺を出迎《でむか》えた。

「何やってたんだ……」

「えへへー。お姉ちゃんの下着の枚数がちゃんとあってるか確認をと思って」

「こらまなみ。馬鹿《ばか》なこと言わない」

なにか隠したいことがあるらしい。まぁいいか。

「えっと……その、まなみがね、一番かわいい下着とパジャマを選ぶ！　って、ひっくり返しちゃって……」

「えへへー」

反省の色が見られない。そして愛沙の服がまだあれということは何も進展はなかったということだろう。

「病人に変な苦労をかけさせるな」

「あいたー！」

まなみを小突《こづ》いて部屋にはいった。

「だいぶ良くなったんだな？」

「うん……康貴のおかげで」

愛沙の顔色は来たときに比べれば断然よくなっていた。まぁまなみがいたとはいえ風呂に入れるくらいだからな。この分だと今日しっかり寝《ね》れば大丈夫《だいじょうぶ》だろう。

「それでね、もうここまできたら伝染《うつ》さないと思うんだけど」

「まぁそうだな」

というかそれに関しては今更《いまさら》だ。まなみあたりは俺が来るまでもひどい状況《じょうきょう》の愛沙につきっきりだっただろうから、そう考えると明日あたりやばい気がする。

念の為《ため》まなみを呼んで近くにこさせる。

「まなみ」

「んー？　なーにー？」

「ちょっとおでこ」

「ふふ……はーい」

手を触《ふ》れて熱を見る。今の所大丈夫そうだな。

「康貴、私は？」

「え？　愛沙は体温計を……」

「……」

なんだこの無言の圧力……。熱があったのがわかってるのだから正確に測れたほうが良いと思うんだが……。

なぜか愛沙の目に涙《なみだ》が溜《た》まってきた気がしたので慌《あわ》てて近づく。

「えっと……じゃあ、触《さわ》るぞ」

「ん……」

「んー……これ、どうなんだ……？」

やっぱり熱が出てた相手を触ってもよくわからなかった。

「康貴にぃ、よくわからないときはおでこ同士くっつけるんだよ！」

「いや、体温計を」

「おでこ！」

「康貴……」

なんなんだ！　愛沙は体調を崩《くず》すと常識もブレーキもなくなるのが痛すぎる。

「わかったけど……さすがにそれは……」

「……」

潤《うる》んだ目で見つめる愛沙……。

こうなった愛沙は本当にずるかった。

「えっと……じゃあ、いくぞ……」

「んー」

なんで目をつむるんだ……。なんというかこう……キスを意識させられるような体勢で困る。

あまり時間をかけてもこちらの精神が持たないのでおでこをくっつけにいく。

「んっ」

頼《たの》むからいま変な声を出さないで欲しい。というかこれ、俺も熱が上がってよくわからなくなるだけだ……。

「だめだ……結局わからん……」

「ふふふ」

目的は達成できなかったがおでこに手を当てて微笑《ほほえ》む愛沙は満足そうだった。

◇

風呂《ふろ》に入れられはしたが、俺はなんとかして帰ることも諦《あきら》めてはいなかった。

理由はこれだ。

「で、康貴にぃ、どっちの部屋で寝る？」

　まなみも愛沙も自分の部屋がある。普通《ふつう》ならどちらかの部屋に二人で固まってもらって俺が空いた部屋で、となるはずだ。

　だがなぜかどちらかとの相部屋を求められている。

「いや、えっと……」

「私としては心配だからお姉ちゃんと一緒《いっしょ》にいてあげて欲しいんだけど」

「私は……伝染したら嫌《いや》だからまなみといてくれたら安心なんだけど……」

　困った……。なんだこれ、二人とも遠慮《えんりょ》しているようで俺の逃《に》げ場を塞《ふさ》ぐことだけはかなり高い団結力を見せている。

「例えばだけど、別の部屋で寝るというのは……」

「「ダメ」」

　もう一部屋おじさんたちの部屋はあるにはあるが、あそこは実は子供の頃《ころ》から足を踏《ふ》み入れたことのない空間だ。俺自身入るのは抵抗《ていこう》があるし、二人の頭にもないだろう。

　あとはリビングだが、ここは多分二人が絶対に認めないいし、俺としてもここで寝るなら寝《ね》心地《ごこち》を考えて家に帰りたいのが正直なところだ。

「ほら、風邪が悪化しないようにさ？」

「康貴にぃが一日看病しなきゃ！」

「私が体調崩すと絶対次の日まなみも体調崩すから……いて欲しいな？」

二人に詰《つ》め寄られる。

「いや……ん――……」

愛沙が泣きそうな目で俺の服の裾《すそ》を掴《つか》み、上目《うわめ》遣《づか》いで見つめてきた。

「布団……出したのに……」

「康貴にぃ――」

「わかった、とりあえずそうだな……二人が寝るまではいるから」

結局なし崩し的に延長に応じる形になってしまった。

「あと！　俺がいる間は下穿《は》いてくれ、愛沙……」

「あ……」

今も手を上げただけで下着がチラチラ見える状態だ。これはまずい。

ちなみにまなみは普通に可愛らしいピンクのパジャマだった。油断すると「暑い……」と言ってボタンを外そうとするので気をつけないといけないがそれ以外は今の所大丈夫そうだ。

「じゃ、お姉ちゃんの着替《きが》え中は私の部屋ー！」

「はいはい」

手を引かれて愛沙の部屋をでる。

「あ！　お姉ちゃん！　赤がいいと思う！」

「赤……？」

「まなみっ！　内緒《ないしょ》っ！」

愛沙の焦《あせ》る様子を見て察してしまった……。

下着の話だな、これ……。

◇

「あ！　康にぃ明日ひま？」

「ん？」

愛沙の着替えを待つためにまなみと二人になったところで突然《とつぜん》思い出したように声をかけてきた。

「暇《ひま》だけどなんだ？」

「明日ねー、私ソフトの助《すけ》っ人《と》やるんだー！　お姉ちゃんと見に来てくれないっ？」

「お、そうなのか」

愛沙の体調も見る限りだいぶ良くなってるし、良いかもしれない。

「じゃあ行くか。愛沙にも聞いてみるか」

「わーい！　お姉ちゃーん！」

俺を部屋に残して愛沙の部屋に走り込むまなみ。追いかけると良くないことになるのは学んでいるので大人しくまなみの部屋で待ったが、もう着替えは終わっていたらしい。

「康貴にぃー！　はーやーくー！」

まなみの声に応《こた》えて愛沙の部屋に向かうと、そこにはなぜか白いネコ耳パーカーの愛沙がいた。

「な……なに……？」

愛沙の「なに？」を久しぶりに聞いた気がする。いつもと違《ちが》って鋭《するど》さがまったくないが。

なんか言えとまなみが目で訴《うった》えかけてきていたので絞《しぼ》り出す。

「えっと……可愛い……？」

「……っ」

白いパーカーに顔を半分隠《かく》しているせいで赤くなった顔が際立《きわだ》っていた。

「えへへー！　これ可愛いでしょ！」

「まなみの仕業《しわざ》か……」

パジャマを選んでたときに出してきたんだろうなあ。

「康貴にぃ、こういうの好きでしょ？」

見透《みす》かされているようで悔《くや》しい。というか愛沙くらい可愛い子ならこんなことしたらそりゃ誰《だれ》でも喜ぶと思う……。

「あ、そうそうお姉ちゃん！　明日康貴にぃも来てくれるって！」

「そうなの」

「だから二人でこのまま一緒《いっしょ》に来ればいいと思うんだー！」

このままと来たか……。

「明日があるなら一回帰って準備したほうが良いから……」

二人に無言で服をつままれた。

「布団もお姉ちゃんの部屋だし、私は明日頑張《がんば》らなきゃだから寝ます！」

「えっ？　まなみ？」

確かに布団はいま愛沙の部屋に置かれているんだが愛沙も驚《おどろ》いているところを見るとまなみが独断で言ってるんだろう。

なにか言おうとする愛沙を遮《さえぎ》って、まなみが追い打ちをかける。

「私、寝てる間にパジャマ絶対脱《ぬ》いじゃうんだよね」

突然何を……？

「だから康貴にぃと一緒に寝るとちょっと恥《は》ずかしい……」

ちょっとで済むのか……？　いや待てまなみのペースに乗せられてる！　このままだと

――

「というわけでお姉ちゃんのことは康にぃに任せたので！　しっかりお願いします！」

遅《おそ》かった……。

「じゃ、おやすみー」

「おやすみ……？」

「あー……」

取り残された愛沙と俺は固まるしかなかった。

◇

「えっと……」

どうしたものかと固まっているとベッドの上の愛沙から不安そうな声が漏《も》れた。

「康貴は、一緒にいるの、いや？」

「嫌なわけじゃないけど……」

「けど……？」

それ以上は勘弁《かんべん》してほしい……。俺もその先の言葉がなんなのかはうまくでてこない。

「今日だけで、いいから……寝るまででも……いいから……」

縋《すが》り付くような声に目を向けると、潤んだ目で見つめる愛沙がいた。

「体調、まだ悪いのか」

「え？　う、うん……そうかも？」

「明日やめとくか？」

「それはだめ！　だめ……なんだけど……」

まぁ、体調悪いときってなんか人恋《ひとこい》しくなるよな……。

「わかった……寝るまではって約束したしな」

「あっ」

ベッドにもたれるように座ると愛沙の声に喜色が浮《う》かぶ。顔は見れないけどこのほうがお互《たが》いのために良いと思う。

「えっと……康貴？」

「ん？」

「上、来て」

「え……」

上？　ベッドの？　それは……。

「あ！　あの！　座るだけでいい、から」

「あ、あぁ……」

拍子抜《ひょうしぬ》けしたような、安心したような不思議な感覚に襲《おそ》われたせいで言われるがままに従ってしまう。

すると愛沙がぎゅっと腰《こし》の方にしがみついてきた。

「ふふ……ありがと」

「……」

「寝るまで……ね？」

不安げな声だが、その反面小悪魔《こあくま》的な微笑《ほほえ》みを感じさせる。ああ、ほんとにこのあたり、まなみと姉妹だなと思わされるな。

「寝るまで……だからな」

「うん」

そう言って目をつむる愛沙。

なんとなく髪《かみ》を撫《な》でると気持ちよさそうにしていた。

「これ、またやってほしい……かも……」

「はいはい。とりあえず元気になってくれ」

「うん……ありがと、康貴……」

そこからはどちらも声を上げることはなかった。

あ、まずい……俺もうとうとしてきたぞ……。

愛沙が寝るまではいることにしたが、俺は帰ることを諦《あきら》めていない。

と、いうよりこのまま一晩というのは色々厳しい。猫《ねこ》耳の愛沙はいつものギャップで心臓に悪すぎるし、昼間のこともある。まなみが言っていた「脱いじゃう」というのが、愛沙にないとは言い切れない……。

そうなったときに俺の理性で持つかどうかの自信がなかった。

「愛沙……？」

「んぅ……」

だめだ、しがみついたまま寝てる……。離《はな》れない……。

眠《ねむ》い……。

「康貴、おいで」

その言葉が愛沙の寝言だったか、俺の夢だったかわからないまま、身を委《ゆだ》ねてしまった。

俺は包み込まれるようにベッドに崩《くず》れ落ちていった。

◇

目覚めたのはなんかいい匂《にお》いのする可愛らしい部屋のベッドの上だった。

知らない天井《てんじょう》だ……と言いかけたが懐《なつ》かしいだけでまあよく見た天井ではあった。

隣《となり》にいたはずの愛沙はもういなかった。

「やらかした……」

「愛沙が起きてくれて助かった……」

これで横でまた眠っていたりしたらと思うと……考えるだけで恐《おそ》ろしい。

いや待て、愛沙にその気分を味わわせたのか……。申し訳ない……。

「とりあえず下に行こう……」

着替《きが》えも洗面所に全部まとまってるから何をするにしても下に行かないと始まらない。

まなみの部屋は開いていた。まなみはあれでも人との約束には遅《おく》れたりしないし、朝も気を抜《ぬ》かなければ弱いわけではない。三人でいると子供っぽいところが目立つだけだった。

多分もう家を出たんだろうな。

階段を降りてると下からコーヒーのいい香《かお》りが漂《ただよ》ってくる。

「おはよう」

「あ、ああ……おはよう」

なんて声をかけるべきか迷っていたら愛沙のほうは特段気にした様子もなく声をかけてきた。

「康貴のおかげで回復しました。ありがとう」

「ああ……それは良かった。いやほんとに大丈夫《だいじょうぶ》か？」

よく見るとまだ顔が赤くて心配になる。

「だ、大丈夫だから！　それよりそろそろ準備しないと」

「そうか」

「うん、お昼過ぎからの試合の予定だって」

時計を見るともう朝というより昼前と言っていい時間だった。

「朝ご飯にする？　もうお昼も一緒《いっしょ》に食べちゃう？」

愛沙の笑顔になぜかドキドキする。

「作ってくれるのか？」

「昨日のお礼」

「そうか……じゃあ朝でも昼でも良いんだけど、卵料理が食べたい」

こんなに機嫌《きげん》の良い愛沙を見たのは小学生ぶりだろう。それでかもしれない。愛沙が昔つくった卵焼きを思い出して卵が食べたくなった。

「良いけど、康貴もオムライス、忘れないでね」

「覚えてたのか」

てっきり昨日の記憶《きおく》がないから今の態度があるのかと思っていた。

「あ、あれは！　覚えてるの！」

「そうか……」

どこまで覚えられているのか怖《こわ》かったがやぶ蛇《へび》になりそうなので何も言えない。

「先、顔洗ってきたら？」

「あ、ああ、そうする」

逃《に》げ込むように洗面所に向かう。

「あ！」

洗面所の入り口に手をかけたところで愛沙の声が聞こえた。料理でなにかやらかしたんだろうと思って気にせず扉《とびら》を開ける。

「あー！　待って！」

なぜか愛沙が叫《さけ》びながらバタバタと俺を追いかけてきていた。

「ん？」

とは言えもう扉は開いている。まなみがいるわけでもあるまいし、何を心配することが……あ……。

「見た？」

「えっと……」

洗濯《せんたく》かごにかかっていた下着はまぁ、よく目立つ色をしていた……。

看病とメイド服

「まじか……」

ベッドの上。掲《かか》げた体温計に表示された数字は、三十八度を超《こ》えていた。

「これは……結構しんどいかも……」

朦朧《もうろう》とする頭で昨日のことを思い出す。まなみは大活躍《かつやく》だった。助《すけ》っ人《と》なのになぜかクリーンナップにすわり猛打《もうだ》賞、後半はピッチャーも務める活躍っぷりだった。

そして同時に、愛沙《あいさ》とまなみの知名度と人気の高さを思い知る日にもなった。

まなみ目的の応援《おうえん》もちらほらいたし、愛沙に至っては応援席にいたのにまなみと同じくらい注目を集めていた。

「伝染《うつ》ってないといいけど……」

まなみは今日も助っ人らしい。今度はサッカー部らしいが……。タフ過ぎる。

一方俺は昨日も早めに帰宅したというのにこの有様だ。今日はたしか親が帰ってくる日だったはず。飲み物とか、頼《たの》もう。

メッセージをなんとか送ったあと、吸い込まれるように眠りについた。

◇

「あれ……？」

おでこに熱冷ましが貼《は》ってある。自分でやったわけじゃないはずだ……。

「帰ってきてたのか……？」

母さんたちが帰ってきてたならうるさくて起きそうなものなのに……そんなにひどかったのだろうか。いまはもうだいぶ楽になってるけど。

「あら、起きたのね」

「え？」

部屋に入ってきたのは愛沙だった。待て待て。なんで愛沙がいるんだ？　ちゃんと親に連絡《れんらく》したよなと思い携帯《けいたい》を確認する。

《大丈夫ー？　お母さんたちが帰るの明日だから、愛沙ちゃんにお願いしちゃった》

まじか……。

「なに？」

「いや、ごめんな、わざわざ……」

「康貴《こうき》がいま謝れば謝るほど、私も同じように気にします」

「あー……」

「というわけで、気にしないで」

そういうことなら気にしないように努めよう。それ以上に気になることもあるしな。

「なんでメイド服なんだ？」

「うっ……これは……その……まなみがそのほうが早く治るとか言うから……」

恥《は》ずかしそうに目をそらす愛沙の顔は真っ赤だった。うん。治りそうな気がしてきた。

「あ、康にぃ！　起きたの⁉　大丈夫⁉」

「ああ……ってまなみも来てたのか」

「えへへー」

黒をベースにフリルの付いた白いカチューシャとエプロンをつけたオーソドックスなメイド服。まなみはいつもどおり元気いっぱいでスカートがひるがえらないか心配なくらいだ。

「可愛いでしょー？」

「まあ……そうだな」

「だって！　良かったねお姉ちゃん！」

「私は……その……ありがとっ！」

半ば投げやりにそう叫んで愛沙が部屋を飛び出していった。

「大丈夫《だいじょうぶ》か？　あれ」

「大丈夫大丈夫ー！　料理しに降りただけだから！　それより康にぃは大丈夫？」

「ああ、だいぶ身体《からだ》も軽くなったし、汗《あせ》を拭《ふ》きたいくらいだな」

「じゃあ私が拭いてあげるー！」

「え……いや……」

止める間もなくまなみに服を脱《ぬ》がされていた。

「おかゆいところはありませんか？　ご主人さま」

「それなんか違《ちが》うような気がするけど……いやちょっと待て自分で拭くから」

「だめです！　まだ完治してないんだから康にぃはなるべく動いちゃダメー！」

確かに病《や》み上がりだからかボーッとするところもある上、まなみの運動神経で本気で来られると止めるに止められない。結局上半身はまなみに全部拭いてもらってしまった。

◇

下に降りると愛沙がメイド服でキッチンに立っていた。メイド服で料理……。なんだろうこれ、いつもの場所でいつもと違う格好というギャップが新鮮《しんせん》でこう……良かった。

「なによ」

「いや……」

「そう。じゃあ座って待ってて」

それだけ言うとすぐ愛沙は料理に戻《もど》っていく。

「なんでまなみまで座ってるの！」

「ばれたー！」

「まなみは飲み物の準備してて」

「はーい」

「全く……やるって言ったのまなみなのに……」

何を出されるのかと思って覗《のぞ》いていると飲み物をもってきたまなみに目を塞《ふさ》がれた。

「まだ内緒《ないしょ》でーす！」

「はいはい……わかったよ」

「楽しみに待っててね」

そう言ってキッチンにまなみも向かう。

おとなしく待つとしよう。実際そう待つこともなく料理も運ばれてきた。

「これは……」

「オムライスです！　今から美味《おい》しくなるおまじないを！　お姉ちゃんがかけます！」

まなみがそう言うと顔を真っ赤にしてケチャップを持った愛沙が俺を睨《にら》みながらこっちにやってきた。

「う……ほんとにやらないとだめなの……？」

「メイド服でオムライスなんて！　やることは一つです！」

「うぅ……」

渋々《しぶしぶ》といった様子で愛沙が近づいてくる。

「これから……その……美味しくなるおまじないを……します」

消え入りそうな声で愛沙がそう言った。

これはまさか……！

「……おいしくなーれ……おいしくなーれ……ううっ……恥ずかしい！　もう無理！」

「お姉ちゃん可愛い！」

「可愛かった」

「うるさいっ！」

愛沙はおまじないを唱えながらなんとかオムライスの上にハートを描《えが》ききっていた。

「じゃあ私からのサービスです！　ご主人さま！　あーん」

まなみ

「え……」

「え、じゃなくてあーんです！」

まなみがほとんど無理やり俺の口元にスプーンを運んできた。

仕方なく口を開ける。

「あーん。美味しい？」

「ああ……」

正直味なんてよくわからないくらいだったが、でも卵はふわふわで、ライスもバターの風味が効いていて、美味しかった。多分そうだ。

「ほらほらお姉ちゃんも！」

「私はいいわよ」

「ほんとにー？　じゃあ全部私がやっちゃおー」

「まなみも自分の分食べなさい」

「はーい」

やっと解放された……んだろうか。

その後は比較《ひかく》的落ち着いて食べ切れた。味はやっぱり、愛沙の料理だけあって美味しかった。

◇

食事が終わって三人とも特に何かするわけでもなくリビングでくつろぐ。

二人はメイド服のままなので落ち着かないんだが、当の本人たちが慣れてしまったのか動じなくなっている状況《じょうきょう》だった。

「康貴、ほんとに大丈夫《だいじょうぶ》なの？」

「さっき測ったら熱も下がってたし、もう大丈夫だ。ありがとう」

ほんとにあっさり治ってくれて良かった。そういえば昔はこの三人で風邪《かぜ》を伝染しあうと後からかかるほうがひどくなっていってたかもしれない。

「こうなるとまなみも伝染るか……？」

「えー、まだ試合シーズンなのにー」

愛沙が風邪を引けばまなみは必ず伝染っていたし、逆もそうだった。

「昔はほら、私が風邪引いてるのに心配だーって離《はな》れたがらなかったから……」

「あー、そういえばそうか」

ちっちゃい頃《ころ》のまなみは家族以外になかなか懐《なつ》かない分、家族にはベタベタだったからな……。

「愛沙は愛沙で、寝《ね》かせとけって言われてるのにあれもこれもしたがって離れなかったんだよな」

「あははー。お姉ちゃんも一緒《いっしょ》だー」

まなみが笑い愛沙が恥ずかしそうに目をそらしていた。

「あれ？　風邪で思い出した……いや何か思い出した気がするんだけどなんだったか思い出せない……」

まなみが何か考え始める。

「あっ！　そうだ！　有紀《ゆうき》くん！」

「あー、いたなぁ……」

「懐かしい……」

何歳の頃だったかは忘れたが、本当に短い間だけ一緒に遊んだ幼馴染《おさななじみ》と言える相手がいた。もちろん有紀以外にも一緒に遊ぶ相手はいたんだが、当時のまなみが身内以外で馴染めた稀有《けう》な相手だったから印象が強い。

「康貴にぃが風邪引いたときなんか変だったよね。有紀くん」

「変だった？」

有紀は妙《みょう》に人の懐《ふところ》に入るのが上手だったことは覚えてる。引っ越《こ》しが多いから人当たりは良くなったみたいなことを言っていた気はするけど、当時のまなみが一対一になっても固まらないというのはそれだけレアな存在だったわけだ。

「有紀くん、康貴にぃのベッドに入って寝ちゃったせいで次の日から風邪引いたんだよね」

「何やってんだあいつ……」

風邪引いたやつの隣《となり》で寝てたらそうなるのはわかりきってるだろうに……。

あいつそんなにアホだっただろうか……？

「今何してんのかなぁ」

「親同士はまだつながってるかもな？　年賀状くらいなら」

「帰ってきたら聞いてみよー！」

それから他にもいろんな名前を出して懐かしさに浸《ひた》った。

考えてみると意外と愛沙とまなみ以外にも遊んでいた相手がいたなと思う。そして今となってはどうしてるかわからない相手が多いことにも気づかされた。

「私たちもさー。もうちょっとしたらこうやって一緒にご飯とか食べずに、どこで何してるのかわからなくなったりしてたのかなー？」

まなみの言葉にハッとする。

中学の頃を考えればむしろ、こうしてまた一緒に家で食事をともにしていることが奇跡《きせき》のような話だった。

「あのままバラバラに進学したりしてたらどこにいるかもわからなくなってたかもな」

「えへへー。康貴にぃに勉強教えてもらえてよかったよー、ね？　お姉ちゃん！」

「えっ？　あ、ああ……そうね。ほんとに……」

「愛沙……？」

ぼーっと考え込む愛沙が心配になって覗き込む。

「本当に良かったなって、思っただけよ」

「そ、そうか……」

顔をあげた愛沙の顔を見て、俺も改めて、このつながりが消えなかったことに感謝した。

そのくらい愛沙の表情は綺麗《きれい》で、魅力的《みりょく》に映っていた。

あとがき

はじめまして。すかいふぁーむと申します。

この度《たび》は拙作《せつさく》をお手にとっていただき誠《まこと》にありがとうございます。

ツンデレっていいですよね。

物語の中に出てくる美少女って、ツンの描写全《びょうしやすべ》てがその先につながるデレを連想させてくれて、ツンツンしているだけなのに可愛《かわい》いという非常にずるい存在だと、私は思っています。

そんなずるい可愛らしさをしっかり演出できていたでしょうか。

もともとこの作品は小説投稿《とうこう》サイトに連載《れんさい》していた作品でした。

当時何を書いてもほとんど読まれることもなく埋《う》もれていた中、初めてランキングに上がって読まれるに至《いた》った作品でした。

最初こそ喜んだものの「本当にこれで良いのだろうか……」とそわそわしながら更新《こうしん》し

たことを覚えています。

その後、『第5回カクヨムWeb小説コンテスト』にて、〈ラブコメ部門特別賞〉を受賞させていただき今に至ります。受賞から刊行までのスケジュールが早すぎて自分でもびっくりしています。最初に連絡《れんらく》を受けたときスケジュールを聞いて間に合うのかなとドキドキしたのですが、これを皆《みな》さんが読んでいるということは間に合ったということなのでしょう。良かったです。

最後になりましたが、イラストを担当していただいた葛坊煽《くずまちあおる》様、大変素敵《すてき》なイラストをありがとうございました。まさに生命を吹《ふ》き込んでいただいたと感じており、どのキャラももっと活躍《かつやく》の場を作れるよう頑張《がんば》っていければと思います。

また、担当編集小林様をはじめ、関《かか》わっていただきました全ての方々、大変ありがとうございました。

そしてこの本を手にとっていただいた皆様、本当にありがとうございました。

ぜひまたお会いできることを信じて。

すかいふぁーむ

富士見ファンタジア文庫

幼馴染《おさななじみ》の妹《いもうと》の家庭教師《かていきようし》をはじめたら

疎遠《そえん》だった幼馴染《おさななじみ》が怖《こわ》い

令和2年8月20日　初版発行
令和3年3月5日　3版発行

著者——すかいふぁーむ

発行者——青柳昌行

発　行——株式会社KADOKAWA
〒102-8177
東京都千代田区富士見2-13-3
0570-002-301（ナビダイヤル）

印刷所——株式会社暁印刷

製本所——株式会社ビルディング・ブックセンター

※定価はカバーに表示してあります。
●お問い合わせ
https://www.kadokawa.co.jp/（「お問い合わせ」へお進みください）
※内容によっては、お答えできない場合があります。
※サポートは日本国内のみとさせていただきます。
※Japanese text only

ISBN978-4-04-073817-8 C0193

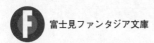

切り拓け！キミだけの王道
ファンタジア大賞
原稿募集中！
賞金
《大賞》300万円
《金賞》50万円
《銀賞》30万円
選考委員
細音啓「キミと僕の最後の戦場、あるいは世界が始まる聖戦」
橘公司「デート・ア・ライブ」
羊太郎「ロクでなし魔術講師と禁忌教典《アカシックレコード》」
ファンタジア文庫編集長
前期締切 8月末日
後期締切 2月末日
公式サイトはこちら！ https://www.fantasiataisho.com/
イラスト／つなこ、猫鍋蒼、三嶋くろね